La esfera de Boltzmann

DAVID CASAS

ISBN: 8460879510
ISBN-13: 978-8460879510

DEDICATORIA

Esta novela está dedicada a mi pequeña hija, Julia. Espero que pueda disfrutarla cuando tenga edad suficiente para leerla y comprenderla. Agradezco a mi mujer, Sara, que me haya dado todo su amor y confianza durante el tiempo que llevamos juntos, además de apoyarme en los momentos difíciles.

También les dedico esta novela a mi familia y amigos. A mis padres les estoy muy agradecido por haberme dado una buena educación. A mi hermano le doy las gracias por haber tenido paciencia al escucharme cuando le contaba muchas de mis ideas, para ésta y futuras novelas.

ÍNDICE

AGRADECIMIENTOS

Gracias al inestimable esfuerzo de Sonia, esta novela mejoró bastante desde sus primeros borradores. A base de leer varias veces el manuscrito, corrigiendo y puliendo bastantes detalles, consiguió finalmente que mi primera obra como escritor haya tenido un digno resultado. Le agradezco también que pese a tener poco tiempo, por estar cuidando de su hijo pequeño, haya podido revisar la novela con gran profesionalidad.

Con respecto a la ilustración y cubierta, le agradezco a Ana Belén su fantástica portada y las sugerencias que me fue haciendo durante el proceso de diseño, para mejorarla con nuevos detalles. Creo que la elección de una temática steampunk (con estilo *Art Nouveau*) es un magnífico homenaje a la Termodinámica, rama de la Física que se inició en el siglo XIX con el estudio de la máquina de vapor.

No me puedo olvidar tampoco de los miembros del foro de literatura de MeriStation por sus comentarios a mis primeros borradores y sus ánimos para que continuara escribiendo.

CAPÍTULO I

El boom sónico del bombardero nos alertó de que estaba muy cerca. Debíamos correr rápido hacia el refugio.

—¡Corre, Janus! ¡Corre! —Gritaba Lucienne, mi intérprete de árabe.

—¡Solo quedan unos metros y la puerta sigue abierta! ¡Lo conseguiremos! —Exclamé esperanzado.

Justo cuando quedaban unos pasos para llegar al refugio antiaéreo, vimos como el misil salía disparado del avión y explotaba en el edificio que estaba enfrente de la puerta que conducía al sótano. Pero era demasiado tarde, la bola de fuego y los cascotes nos alcanzaron …

En ese momento sonó el despertador, una hora antes que de costumbre. Siempre me levanto a las 7:00 para ir a trabajar a *El Heraldo*, periódico donde había empezado mis prácticas durante mis estudios de periodismo y que luego me contrató a tiempo completo. Esta mañana no me dirigí allí, sino al Instituto de Estudios Avanzados. El cambio en mi rutina fue debido a la decisión que tomé ayer de darle un impulso a mi carrera, que se había quedado estancada después de haber trabajado como corresponsal de guerra, cubriendo el conflicto armado entre Libia y Egipto, el cual

1

había revivido hacía unos minutos en forma de pesadilla.

El día anterior, después de acabar mi crónica, vi la puerta abierta de mi director de sección y en un arrebato inconsciente me dirigí allí dispuesto a pedir otro destino internacional. Toqué a la puerta y Antoine, mi jefe, me invitó a pasar.

—¿Qué quieres? ¿No habrás fundido otro generador de tu electrobici? Llevas dos en este mes.

—Si nos los compraras de la antigua Corea del Norte…

—Vamos, sabes que les imponen los estándares desde Seúl, escribiste un reportaje sobre ese mito.

—No, no es eso. Siento que me he quedado estancado y necesito un nuevo destino internacional. Algo como le diste a Pierre en la República Kurda con la trama de contrabando de misiles.

—Quizás tenga algo interesante para ti, pero sería aquí en casa. El profesor Volert ha hablado conmigo por teléfono. Me ha pedido que le envíe un periodista para que cubra un "interesante experimento científico", según sus propias palabras, aunque no me ha querido decir de qué se trata.

—No lo veo claro, ¿en qué me podría beneficiar?

—Bueno, aparte de la fama internacional de Augusto Volert, como ya sabes, tiene que estar haciendo algo muy gordo, por lo que he oído de otras personas. El comité de Bioética Estatal no da su brazo a torcer tan fácilmente en un experimento con humanos, pero una llamada de Volert al primer ministro desbloqueó las objeciones en un tiempo record. Creo que va a ser algo muy sonado, quizás a nivel mundial…

—¿A nivel mundial? Cuenta conmigo, es lo que necesito.

—No te precipites, me añadió que dicho "experimento" va a durar varios meses y que durante ese tiempo estarás incomunicado con el mundo exterior, por lo que el periodista que envíe deberá ir voluntario, sabiendo que deberá cumplir ese requisito.

—Uhh… me parece mucho tiempo y tanto secretismo no me gusta nada, pero sin riesgo no hay beneficio… no sé, ¿hay alguna otra cosa más que puedas decirme?

—Mira, Janus, eres joven, hace pocos años que saliste de la Facultad de Periodismo, pero he podido ver en ti que eres ambicioso y quieres hacer algo grande en esta profesión, tú mismo reconoces que te estás quedando estancado. Esta puede ser tu oportunidad, estás soltero, no tienes ninguna relación seria con ninguna chica en estos momentos, ¿qué son unos pocos meses? Diste buenas crónicas desde el búnker de El Cairo, pero el conflicto fue breve y nadie se acuerda de eso. Además si el "experimento" sale bien, tendrá notoriedad mundial y la fama estará asegurada para los participantes. Mi consejo: arriésgate.

—Recuerdo una frase famosa de Alejandro Magno: "Es hermoso vivir con valor y morir dejando tras de sí fama imperecedera". Es lo que siempre repetía cuando caían las bombas para darme ánimos. Si voy a gastar unos meses de mi vida espero que no sea en ninguna tesis doctoral del estilo: "Psicología de un periodista encerrado en un laboratorio sin poder escribir su columna diaria".

—¡Ja, ja, ja!... espero que no sea eso. Se te olvidarían las cuatro cosas que a duras penas he podido enseñarte. Voy a llamar al profesor para que te reciba mañana. Por cierto, me dijo que si decías que sí que te llevaras la maleta hecha.

Después de hacer la maleta con algo de ropa y cosas de aseo, corté el agua, la electricidad y el gas y cerré la puerta de mi piso. Ayer por la noche le dejé las dos únicas plantas que tenía a mi vecina, una mujer mayor, que me dijo:

—¿No te irás otra vez a la guerra?

—No se preocupe, esta vez es un destino temporal en otra delegación del periódico. Acuérdese de regarlas cada dos días. Muchas gracias.

—De nada. Que tengas un buen viaje.

Por suerte me alejé rápido antes de que me preguntara

a que ciudad iba, porque no tenía preparada la respuesta y no quería mentirle.

Ahí estaba, en la puerta del Instituto de Estudios Avanzados, me paré un instante y pensé por un momento en dar media vuelta. Sin embargo, se impuso la audacia y entré.

—Buenos días. ¿Qué desea usted?

—Buenos días. Tengo cita con el profesor Volert.

—De acuerdo, ¿me enseña su tarjeta de identificación, por favor?

El conserje procedió a pasar mi tarjeta por el escáner. Tras comprobar mi identidad y verificar en su ordenador que el profesor tenía cita conmigo esa mañana, me acompañó por los larguísimos pasillos del Instituto de Estudios Avanzados hasta el despacho de Volert.

El edificio del Instituto era una maravilla arquitectónica de cristal y metal, un lujo en estos tiempos de crisis económica y energética, que había sido financiado con gran esfuerzo por las depauperadas arcas públicas. Sin embargo, el gran prestigio nacional e internacional del profesor Augusto Volert se impuso a los recortes del presupuesto y además sirvió para recibir patrocinio de fundaciones sin ánimo de lucro. Fue también esa fama de genio adelantado a su tiempo, de erudito y gran científico una de las razones que al final me impulsó a aceptar la propuesta de Antoine.

Me encontraba frente a la puerta del despacho de Volert, aspiré profundamente y toqué a la puerta.

—Adelante —Me ordenó una voz profunda y grave, inconfundible, y que reconocí al instante.

Abrí la puerta, y me acerqué al profesor al mismo tiempo que me presentaba ofreciéndole mi mano.

—Profesor Volert, soy Janus Dabal, el periodista de *El Heraldo*.

—Encantado, te estaba esperando. No me gustan los formalismos, llámame Augusto, en vez de profesor Volert.

4

Aquí en el Instituto nos tuteamos.

El profesor Augusto Volert, era un hombre imponente, de un metro y noventa y cinco centímetros de estatura, barba espesa, enorme pecho y robustos brazos, tenía el pelo ralo, lo que anunciaba su inminente calvicie, en parte precedida por una coronilla casi despejada. Mis ojos recorrieron su gran despacho, deteniéndose en una enorme fotografía enmarcada, de un metro de ancha y setenta centímetros de alta, del profesor recibiendo el premio Nobel de Física de manos de la reina de Suecia.

Volert observó mi interés por dicha fotografía y me comentó:

—Fue un momento sublime, lástima que no me lo concedieran por todo mi trabajo, sino por el simple trabajo de ingeniería de haber hecho rentable un proceso de fusión de núcleos de deuterio. La verdad es que el desafío en sí fue construir un ordenador cuántico que pudiera mantener la coherencia de sus qubits por tiempo indefinido. Una vez construido, modelar las inestabilidades caóticas del plasma y diseñar una máquina que las evite fue algo trivial.

—En mi opinión, creo que fue una gran hazaña. Por lo que he leído proporcionaste un nuevo enfoque al asunto que permitió a la fusión convertirse en una técnica rentable.

—En efecto, diseñamos un tokamak novedoso, pero es una nadería comparada con la belleza matemática de mi teoría de la termodinámica cuántica de los agujeros negros.

—He oído que es un poco abstracta.

—Debe serlo a la fuerza, nunca se ha trabajado en ningún laboratorio con un agujero negro. Sin embargo, la teoría y métodos matemáticos desarrollados en ella se usaron en la fabricación de nuestros ordenadores cuánticos. Por lo que respecta a los agujeros negros, estamos limitados por lo que nos dicen nuestras ecuaciones y las observaciones de los astrónomos. Si tuviéramos una nave espacial en las proximidades del núcleo galáctico observaríamos...

—Perdona que te interrumpa, ¿qué naturaleza tiene ese experimento del que queréis que haga la crónica y por qué es tan secreto?

—Paciencia, antes te tengo que enseñar mis instalaciones y a mis ayudantes.

En esta parte del Instituto de Estudios Avanzados había muchos laboratorios, donde varios prototipos de ordenadores cuánticos se encontraban funcionando, refrigerados con helio líquido. En un laboratorio era habitual ver el ordenador encapsulado en un módulo aislante cuya pared externa era un plástico blanco donde solo se veían las letras y números que identificaban al prototipo. Técnicos informáticos sentados frente a muchas pantallas observaban columnas de números avanzar, compiladores abiertos y ventanas que informaban de la temperatura y consumo eléctrico del procesador de qubits. El profesor se entretuvo enseñándome todos los laboratorios de todas las plantas, excepto los del sótano.

—¿El experimento se realizará bajo tierra?

—Mi joven amigo, no seas impaciente, todo llegará a su tiempo —me dijo el profesor.

Pero ese edificio no era la única instalación con la que contaba el Instituto, ya que dentro de los amplios terrenos del recinto tenía una nave de hormigón de tres plantas de alto de la que emergían tubos de acero inoxidable, torretas metálicas y chimeneas de refrigeración. De estas últimas salía vapor de manera continua. Llegamos a ese edificio tras atravesar una amplia explanada de césped que invitaba a tumbarse en él, bajo la sombra de alguno de los numerosos y frondosos árboles que había plantados a intervalos regulares.

—Te voy a presentar a mis dos ayudantes de confianza. Están trabajando en el generador eléctrico de fusión del instituto, construido reutilizando muchas partes del primer prototipo que fabricamos. Nuestras instalaciones consumen mucha energía y si no nos pudiéramos autoabastecer, nos sería imposible hacer muchos experimentos debido a los numerosos cortes del suministro eléctrico y al alto coste de la tarifa eléctrica.

—En mi periódico también nos autoabastecemos. Cuando llega la hora del corte nocturno de la red eléctrica, tenemos nuestras "electrobicis". Muchos de nuestros redactores deben su buen estado físico al saludable ejercicio de pedalear para que funcionen su ordenador y su bombilla y puedan acabar antes del cierre.

—¡Ja! hemos vuelto brevemente a la Edad Media, el hombre necesita la energía "animal" para que funcione su economía. Por suerte este periodo será breve. El año que viene se inaugurarán en muchos países, incluido el nuestro, varias centrales de fusión. Nosotros contaremos con la mayor, de 1000 Megavatios, y ya hay en proyecto, varias más.

—Augusto, ¿cuándo me dirás en que consiste tu experimento?

—Eres impaciente. Cuando conozcas a mis colaboradores en el experimento te explicaré en que consiste.

Al entrar en la nave que contenía el reactor de fusión, me quedé asombrado al ver una gran estructura metálica de la cual salían tubos de acero, gruesos cables metálicos y en cuyo interior, medio oculta por todo lo anterior, había una cámara toroidal metálica en la cual me imaginé que debía estar el núcleo del generador de fusión. Había mucho jaleo, algunos técnicos con mono azul y casco blanco estaban mirando diales, otros abrían válvulas y el resto revisaban tuberías con medidores extraños. Además, estaban dos personas con bata blanca en una oficina con grandes ventanales transparentes. Aislados del ruido del resto de la planta, estaban mirando unos planos y hablando entre sí.

El profesor me condujo hacia la oficina directamente, sin pararse a enseñarme la instalación, por lo que supuse que las dos personas que había allí eran sus ayudantes. Al entrar en la oficina con el profesor se giraron hacia nosotros.

—Janus, te presento a Marcus Velbon, ingeniero informático.

—Mucho gusto, señor Velbon, soy Janus Dabal, periodista.

—Llámame Marcus. Aquí todos nos llamamos por nuestro nombre de pila.

—Y nuestra especialista en Física Teórica, Silvia Narel.

—Encantado, Silvia.

—Por favor, tutéame sin ningún pudor, es costumbre aquí.

Tanto Marcus como Silvia eran mayores que yo, eran científicos con una carrera ya afianzada, que habían acabado sus doctorados cuando yo todavía no había empezado siquiera en la Facultad de Periodismo. Marcus parecía tener unos cuarenta años y un aire a galán tipo Alain Delon, con un espeso pelo negro, mientras que Silvia, cuya edad por sus logros científicos estimaba en no menos de treinta y cinco años, aparentaba ser una mujer más joven. Tenía los ojos verdes, pelo moreno rizado, delgada, pómulos salientes y una piel suave moteada con algunas pecas. La forma en que se le marcaban levemente los bíceps y los gemelos sugería que hacía ejercicio físico moderado o fuerte, quizás fitness. Marcus, en cambio, en su forma de adelantar el cuerpo y mantener su postura en guardia daba la impresión de hacer artes marciales. Descubrí más adelante que ambas suposiciones eran ciertas.

Aprendí a detectar todos estos detalles de las personas gracias a Antoine, que me enseñó pacientemente sus métodos. Hace algunos años estaba acabando mis prácticas y me invitó a un café en una terraza. Ahí comenzó una enseñanza que no se encuentra en los libros. Una vez que nos sirvieron, comenzó a instruirme:

—Los buscadores de Internet están bien, pero ya no son tan útiles como en el pasado desde que tenemos en

Europa leyes protectoras de la intimidad. Tenemos que redescubrir nuestro oficio tal y como se desempeñaba antes. Para ser un buen periodista tienes que ser un buen detective.

—¿Cómo lo hago?

—Lo fundamental es tomar nota de todos los detalles que rodean a las personas: Su postura, como hablan, como gesticulan, como se visten y los pequeños detalles como, por ejemplo, si llevan las uñas largas o cortas, si tienen manchas en la ropa, etc. Empecemos observando a aquella pareja que discute…

Ese día no acerté ningún detalle de la pareja y Antoine me los explicó todos. En pocas semanas había adquirido un buen nivel y me volvió a contratar cuando terminé mis estudios. Ya como periodista a tiempo completo, siguió dándome nuevos consejos y proponiéndome nuevas pruebas que reforzaran mi habilidad.

De vuelta al presente, el profesor acabó con las presentaciones.

—Bueno... ya que todos hemos sido presentados, creo que debemos a nuestro invitado una explicación —agregó Volert.

—Pienso que lo mejor es llevar a Janus a la sala de conferencias para escuchar una breve clase de Física avanzada —comentó Silvia.

—¿Sala de conferencias? ¿Habéis convocado una conferencia de prensa? —pregunté.

—No te preocupes —dijo Silvia— tú serás todo nuestro público.

Nos marchamos del edificio del generador de fusión para volver otra vez al edificio principal del Instituto. Tras recorrer varios pasillos llegamos a la sala principal de conferencias. Era grande, tenía entre quince y veinte filas de butacas tapizadas y acolchadas, colocadas en pendiente hacia arriba. Enfrente de los asientos había una gran pizarra con una pantalla enrollable para mostrar transparencias y una gran mesa con varias sillas donde se sentaban los conferenciantes. Volert y Velbon se sentaron en la primera fila de asientos, indicándome con un gesto que me sentara con ellos. Estaba claro que la responsabilidad de desarrollar la conferencia caería en Silvia. Estaba preparando un ordenador con proyector de imágenes cuando me dijo:

—Antes de comenzar con la charla, creo que Augusto te entregará un documento para que lo firmes, Janus.

—¿De qué se trata?

—Es un documento estándar de confidencialidad —me aclaró el profesor Volert—. Comprendemos que una vez contado el objeto de nuestro experimento, no te quieras someter a éste, sin embargo, como supondrás, no podemos dejarte ir sin más y que publiques los detalles en tu periódico. Es una investigación pionera y queremos comprender bien el fenómeno antes de que se divulgue nada.

—Bien, lo comprendo, pásamelo y lo firmaré.

Tengo que reconocer que al tener el papel delante y leer por encima las diversas disposiciones, puntos, apartados y advertencias de multas y penas de cárcel, me asaltaron muchas dudas, pero mi curiosidad, junto con mis ambiciones de conseguir fama como periodista, fue un poderoso incentivo y reconozco que hubiera firmado cualquier cosa sin leerla.

Una vez firmado, Silvia comenzó sin más preámbulo:

—Dado que eres un profano en Física, empezaré mostrándote unas imágenes y luego te las comentaré.

Silvia empezó a teclear algo en el ordenador y el proyector empezó a emitir una imagen de lo que parecía una gruesa esfera metálica.

—Aquí tenemos uno de los primeros experimentos que hicimos una vez que empezamos a comprender algo del fenómeno que nos ocupa. La parte de fuera de la esfera es de un metal superconductor a pocos grados Kelvin sobre el cero absoluto. Protege de las influencias electromagnéticas al ordenador cuántico que hay dentro de la esfera. Este era un prototipo que combinaba ordenador cuántico y manipulador de espines atómicos. Dicha manipulación se consigue mediante unos potentes y complejos campos electromagnéticos cuya función de onda es controlada por el software del ordenador. Hay también dentro de la esfera una cámara que grabará lo que suceda dentro, dado que es fundamental un completo aislamiento del exterior...

Mientras Silvia explicaba el proceso, yo miraba el vídeo sin poner demasiada atención en los detalles técnicos. Los operarios cerraban la esfera, la introducían en una especie de termo, inyectaban gases licuados y en una pantalla se veía como bajaba la temperatura.

—Ahora que la temperatura está a un grado Kelvin vamos a ver el video que se grabó dentro de la esfera.

Hubo un cambio en la imagen, se veía un recipiente cerrado con un líquido transparente. En una esquina había un montón de siglas y números que cambiaban rápidamente. De repente ocurrió algo extraño. El líquido empezó a burbujear como si hirviese. A su vez, se congelaba en otros sitios, mostrando iridiscencias, volviéndose opaco lechoso y de nuevo transparente. Gran parte se evaporaba, se volvía líquido, se congelaba y volvía a evaporarse, al poco, en todo el recipiente había una gran neblina de colores que en parte se licuaba y en parte se congelaba, cambiando rápidamente de una fase a otra.

—Sorprendente, ¿verdad, Janus? Es agua con la misma energía térmica que tenía en un principio, experimentando todos los posibles estados y cambios de fase. La energía que desprende una parte al congelarse, es la que aprovecha otra para evaporarse. Es un proceso aleatorio y fluctuante.

—¿Cómo es posible? —Le pregunté a Silvia— Me parece muy extraño.

—Es un fenómeno que aunque hemos conseguido dominarlo técnicamente, sigue sin una explicación teórica satisfactoria. Parece ser que una constante de la naturaleza, la constante de Boltzmann, en vez de ser "constante", varía, en las proximidades del cero absoluto, dependiendo de algunos factores, todos ellos propiedades del campo electromagnético aplicado.

—Lo siento, pero soy un completo ignorante en esa materia y no comprendo ni los términos ni porque deben ser así. No sé ni siquiera cual es la constante de Boltzmann. ¿Está relacionada con el campo magnético?

—No te preocupes —intervino Volert— por el momento cree a Silvia hasta que lo puedas ver con tus propios ojos. También hay una cosa más que debes saber: El exterior de la esfera no se ve afectado por lo que ocurre dentro. Es más, para que se dé el fenómeno, la esfera tiene que estar completamente aislada. Con los mismos parámetros, pero sobre un recinto abierto, no pasa nada de esto. Es como si la esfera fuera un "agujero negro" que no permitiese ver al exterior que una de sus constantes fundamentales se está modificando dentro de él.

—Augusto —añadió Velbon— creo que deberíamos ahorrar el resto de la conferencia a Janus, hay muchos más detalles técnicos, gráficas y fórmulas que no va a comprender. Si no me equivoco, creo que te cuesta asimilar esto, incluso creértelo.

—Reconozco que como periodista, tengo que ser escéptico, sin embargo, me gustaría que me contestaseis a una sencilla pregunta, ¿para qué sirve esto?

—¡Ya apareció el utilitarismo! ¿Es que no es suficiente conocer nuevos fenómenos en la naturaleza? ¿Todo lo que se investiga tiene que servir para algo? Pues sí, esto sirve para algo —me respondió enfadada Silvia— y no sólo lo verás, sino que lo experimentarás.

La verdad es que no sabía que responder y la conferencia se dio por finalizada en ese momento. Silvia apagó el ordenador, recogió los cables y Velbon y Volert ya se estaban levantando de sus asientos.

—La técnica se ha desarrollado mucho, podemos controlar los valores de la constante a nuestro antojo dentro de la esfera programando el ordenador cuántico con programas sofisticados y algoritmos cuánticos. La variamos más suavemente de forma que podamos experimentar con diversos compuestos químicos y biológicos, incluso con animales vivos. No podemos aplicar un cambio tan exagerado de la constante a un ratón, porque no queremos quemarlo y congelarlo a la vez. Por eso, el perfeccionamiento ha sido tal, que la técnica ya está lista para aplicarse con humanos —añadió Velbon.

—Así es, Janus —remarcó Volert— ahora tienes una elección: Te vuelves esta noche a casa sin poder contarle a nadie lo que has escuchado, o te quedas en el Instituto a dormir en una habitación privada que se pondrá a disposición tuya. El experimento empieza mañana por la mañana. Tendrás que someterte durante toda la tarde a toda una serie de pruebas médicas y no hay tiempo de que vuelvas a tu casa. ¿Qué me contestas?

—¿Yo seré el sujeto de prueba?

—Lo seremos todos, los cuatro aquí presentes y nadie más —Silvia me respondió tajante— ¿Cuál es tu decisión?

Quizás fue mi curiosidad, o un instinto aventurero, o quizás porque me había molestado el enfado de Silvia y quería demostrarle que tenía el valor de aceptar una proposición arriesgada, por eso dije, con un monosílabo, lo único que podía haber contestado:

—Sí.

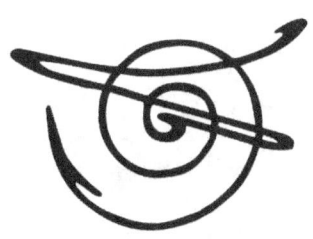

CAPÍTULO II

Reconozco que no dormí bien por la noche. Posiblemente fueran los nervios ante la incertidumbre de lo que me pasaría al día siguiente. También, la tensión de pasar las pruebas médicas: Análisis de sangre, radiografías, electrocardiogramas, etc. La satisfacción de saber que estaba completamente sano no me ayudó a relajarme. Me levanté de la cama sin necesidad de despertador. La habitación que me proporcionaron era pequeña y sencilla y contaba con un estrecho cuarto de aseo con ducha. Me duché, afeité y vestí, y al poco, el conserje del instituto llamó a mi puerta:

—Adelante, pase.

—Señor Dabal, el profesor Volert le espera para el desayuno. Acompáñeme hasta la cafetería.

Cuando llegué, Volert estaba pidiendo el desayuno al camarero. Estaba solo en la mesa.

—¿Qué quieres tomar? Vamos a desayunar nosotros, solamente. Silvia y Marcus ya están con los preparativos del experimento. Ahora iremos a verles.

—Un café y dos tostadas, por favor.

—¿Nervioso?

—No he podido dormir bien. Me he sentido igual de

inquieto que cuando me tenía que examinar la facultad.

—Yo también me he sentido así. En cierto modo, para mí sí es un examen, es el proyecto en el que más intensamente he trabajado los últimos años.

—Augusto, ¿me puedes contar algo más sobre el experimento?

—Claro que puedo. En realidad, aquí nadie intenta ocultarte nada. Lo que ocurre es que es mejor que veas con tus propios ojos las propiedades casi mágicas con las que vamos a experimentar. Vamos a permanecer dentro de una esfera de dos pisos de alta, completamente aislados del exterior durante dos meses. Durante todo ese tiempo tendremos muchas ocasiones de poder instruirte más a fondo en la teoría, aunque no comprendas los detalles técnicos ni matemáticos.

—En realidad, me sabe a poco, pero esperaré. ¿Cuándo entraremos?

—Pronto, después de desayunar.

Acabé rápidamente el desayuno. La ansiedad que me atenazaba hizo que comiera rápido y sin saborear la comida. Acompañé al profesor por los pasillos, nos adentramos en los sótanos y llegamos a una serie de puertas que no me habían enseñado el día anterior. Pasamos por el control de un guarda de seguridad hasta llegar a una cabina de control, con ordenadores y cristaleras. A través de las ventanas se veía una extraña máquina, grandísima, del tamaño de una casa, aunque de aspecto esférico. De aquella máquina salían cables metálicos de gran grosor y conducciones metálicas.

—Esta es la sala de control —comentó Augusto— pero, en realidad, controla muy poco. Dicho en términos vulgares: lo único que puede hacer es enchufar y desenchufar el experimento. Eso es debido a que el aislamiento es total, principalmente porque la teoría lo impone y también por las bajas temperaturas, cercanas al cero absoluto, que hay que mantener.

—¿Viviremos ahí?

—Sí, aunque parezca poco espacioso, posee ciertas comodidades, acompáñame.

—Una pregunta: Si el aislamiento es total, ¿cómo se le suministra la energía eléctrica?

—Muy buena pregunta. Usamos un emisor-receptor de microondas para evitar tocar la esfera con cables cuando está aislada. Además, es unidireccional, de manera que solo puede recibir microondas del exterior, pero no emitirlas, y así el requisito de impedir la fuga de información desde la esfera se cumple y podemos manipular la constante de Boltzmann. Ahora mismo, estamos terminando de cargar los circuitos superconductores con electricidad suficiente para que funcione de manera autónoma durante el experimento.

Salimos por otra puerta y a través de una pasarela metálica llegamos a un sistema de esclusas, que al final nos llevaron al interior del artefacto y a una aventura desconocida.

La compuerta se cerró tras de mí mientras todavía estaba bajando la escalerilla de acceso. Estaba en la parte más alta de la "Esfera de Boltzmann", nombre con el que habían bautizado al aparato entero, donde viviríamos las próximas semanas. Pero abreviaré su nombre llamándola EB. La zona de presurización tenía forma de casco esférico invertido hacia abajo y tenía controles de presión y mascarillas con oxígeno disponibles en todo momento. Augusto comenzó a explicármelo mientras ajustaba los indicadores de presión.

—Es fundamental lograr un vacío lo más perfecto posible en el exterior de la EB, aunque siempre quedan algunas moléculas sueltas, su efecto no perturba el experimento.

—¿Qué pasa si hay un accidente y se sale el aire?

—Realmente, no habría una despresurización aquí adentro. El volumen de aire es mucho mayor dentro que el vacío que hay entre las dos esferas, sin embargo, una presión apreciable de aire rompería el aislamiento térmico y la esfera interior no podría trabajar en las condiciones que requiere el experimento.

Abrimos la compuerta inferior que comunicaba a unas escaleras que conducían hasta la planta superior de la EB. Entramos y nos quedamos en ese piso, donde estaban los dormitorios, una cocina, un cuarto de baño y la biblioteca donde Marcus y Silvia nos estaban esperando.

Parecía que estábamos en alguna vieja película *steampunk* al estilo de *20000 leguas de viaje submarino*, donde el capitán Nemo, encarnado en la figura del profesor Volert, se deleitaba haciendo de anfitrión. Resultaba increíble ver estanterías llenas de libros, objetos caros en esta época de holotabs[1], y donde no faltaba la típica bola terráquea giratoria en madera, la cual la estaba haciendo girar Marcus en ese momento, incluso había una lujosa mesa de billar.

—Vaya, Augusto, no has escatimado en lujos. ¿Puedo suponer que ahí detrás hay un mueble-bar?

—¡Ja, ja! ¡Qué buen ojo tienes, Janus! Luego probaremos un escocés de mi bodega particular. No quiero que pienses que soy un derrochador a cuenta del presupuesto público. Todo esto estaba en mi casa y a la par que mi señora reformaba la casa y convertía mi amada biblioteca en un estudio de pintura, construíamos la EB. Cuando el experimento termine, y también las reformas en mi casa, me volveré a llevar todo esto a la nueva biblioteca más grande que me estoy construyendo.

Al final, resulta que toda la prisa por empezar el experimento era porque el profesor quería pasar en esta especie de refugio particular, aislado del mundo, lo que le quedaba de la reforma de su casa y, quizás, descansar de la señora Volert quejándose de los albañiles.

---

[1] Holographical tablets, tabletas holográficas fabricadas por Nishan Computers, SunYoBan Electronics y otras empresas.

En ese momento no le ponía cara a Linda, la mujer de Volert. Quizás un rostro fugaz en la ceremonia de los Nobel. Era muy celosa de su intimidad y no ibas a encontrarla fácilmente en Internet. De hecho la archifamosa cara de su marido eclipsaba cualquier foto antigua que todavía pudiera haber de ella, quizás en la página 10000 de resultados de la copia de seguridad de algún buscador antiguo. Linda era una de las muchas personas que se habían acogido a las nuevas leyes de intimidad en la Web.

—Augusto, ¿la hora del escaneo sigue siendo las 12:00? —preguntó Silvia.

—Sí, se mantiene el cronograma. Janus, dentro de dos horas el ordenador cuántico hará un escáner de todos los objetos dentro de la EB. Eso supondrá que guardará una imagen casi perfecta de tu cuerpo, incluyendo el cerebro. Luego, todos los días a las 3:00 de la mañana lo reubicará todo en su forma original.

—Augusto, ¿por qué has dicho incluyendo el cerebro? Y… ¿por qué a las 3:00 se reinicia todo?

—Bien, eso es debido a que este experimento va a tener dos fases: en el primer mes, se "reseteará" todo a la configuración inicial, excepto nuestro cerebro a nivel neuronal. Eso nos permitirá tener todos nuestros recuerdos de un día para otro. Sin embargo, en la segunda fase, que empezará el segundo mes, se volverán a configurar nuestros cerebros al nivel que teníamos el último día de la primera fase, de manera que perderemos los recuerdos de ese día. Será como una amnesia inducida.

—¿Una amnesia inducida? ¿Será permanente? ¿Cómo recordaremos lo que ha pasado? —pregunté asustado.

—No, no será permanente una vez que se acabe la segunda fase del experimento y salgamos fuera. Para evitar perder los recuerdos de esos días escribiremos un diario que será grabado en el ordenador cuántico y, por tanto, esos recuerdos quedarán anotados. El departamento informático ha hecho una aplicación muy sencilla en la cual podréis tener incluso una parte privada, accesible solo por contraseña, donde podréis anotar los pensamientos y recuerdos que queréis que se archiven en la documentación de la misión.

—Con respecto a tu segunda pregunta —intervino ahora Marcus— te puedo informar como supervisor de los experimentos previos en cobayas, que en las pruebas que hicimos se observó que era mejor hacer la transición cuando los animales estaban dormidos. La transición estando despiertos los dejaba confusos y desorientados durante un rato. Os aconsejo hacerla durmiendo, si tenéis insomnio os podemos dar somníferos.

—Bueno… —empecé a formular una objeción, pero el profesor se me adelantó y ya me estaba arrastrando para enseñarme el resto de la primera planta.

—Vamos, Janus, todavía hay mucho que ver hasta el escaneo.

En esta primera planta la distribución de las habitaciones era la siguiente: La primera habitación a la derecha, cuando uno bajaba por las escaleras desde la esclusa, era la biblioteca. Enfrente se encontraba la cocina, ampliamente equipada, por lo que pude ver en esta primera visita guiada por el profesor. A continuación venían los dormitorios, dos a cada lado del pasillo, y al final de éste, estaba la puerta del cuarto de baño. El pasillo hacía ahí un pequeño recodo a la izquierda dando acceso a las escaleras que conducían a la planta inferior.

—Janus, esta primera habitación a la derecha es la tuya. La de enfrente es la de Marcus, la que va a continuación de la tuya es la de Silvia y la mía es la que queda, enfrente de la de Silvia. Tu maleta con tus pertenencias ya está dentro, la han traído cuando desayunabas.

—Gracias, estaba a punto de preguntarte si tenía tiempo de ir a buscarla.

—No, ya nos quedaremos aquí hasta la hora del escaneo. Vamos al piso de abajo para que acabes de ver todo el interior.

La primera habitación a la derecha de la escalera era el laboratorio de biología, ahí se iban a comprobar las propiedades de la EB sobre organismos vivos. A continuación, se ubicaba el laboratorio de física y química, donde se investigaba cómo afectaba a las propiedades de los materiales la EB. En frente de los dos laboratorios estaba el gimnasio. Había sido idea de Augusto, ya que servía para mantenerse en forma y romper la monotonía. El profesor y Marcus eran también entusiastas de las artes marciales y tenían un pequeño tatami, para practicarlas. Como descubrí más adelante, las lesiones no serían ningún problema. Por último, la habitación al final del pasillo daba acceso a toda la infraestructura eléctrica y electrónica de la EB, permitiendo la entrada a un sótano curvado siguiendo la forma de la EB, lleno de cables y tuberías.

—Bien, prestadme atención, sobre todo tú, Janus. El escaneo sobre nuestros cuerpos no durará más de 37 centésimas de segundo. El ordenador puede interpolar las medidas incluso si os estáis moviendo, pero como es la primera vez que se hace en seres humanos vamos a sentarnos y a tratar de quedarnos lo más quietos posibles. Por supuesto, podéis respirar normalmente, tampoco hace falta que seamos estatuas.

Fuimos a la biblioteca a sentarnos cuando quedaban cinco minutos para las doce en punto. Esperábamos con ansiedad, observando el paso de los segundos en el reloj, conforme se acercaba al mediodía. Un suave zumbido empezó a hacerse audible y llegaron las 12:00:00 y un segundo después las 12:00:01. Nada pasó.

—¿Ya está? —pregunté.

—Sí. Pero dejadme un par de minutos que chequee la computadora —pidió Volert.

El profesor se dirigió hacia el ordenador que había en la biblioteca y, tras un momento, contestó:

—Todo perfecto. Escaneo al 100%. Además ha tardado menos de lo que dije: 23 centésimas en el caso de

Silvia y 31 en mi caso. Por lo que veo es aproximadamente proporcional a la masa del cuerpo.

Por un momento todos nos quedamos mirándonos los unos a los otros pensando lo mismo: ¿Eso era todo? Sencillamente, nos parecía que hubiera hecho falta algún efecto visual o auditivo más espectacular, luces brillantes o ruidos emocionantes, pero la naturaleza no sigue el guion de una película y la EB nos sorprendería cuando menos lo esperásemos.

Cuando el profesor acabó de chequear todos los parámetros en la computadora, se fue a la pizarra y comenzó la explicación, de forma divulgativa y dirigida obviamente hacia mí, sobre que era lo que nos esperaba.

—Bien, como sabéis todos, excepto Janus, ahora mismo la EB es un recinto aislado del resto del universo que sigue una evolución isoentrópica durante 24 horas. ¿Qué quiere decir esto? Significa que durante un día la entropía va aumentando hasta que al llegar al reseteo disminuye bruscamente y acaba adquiriendo el mismo valor que tenía al principio.

El profesor empezó a dibujar un diagrama donde se veía la evolución temporal de la entropía. Era un dibujo en forma de dientes de sierra donde la entropía subía hasta que el tiempo llegaba a 24 horas, momento en el cual caía bruscamente al valor inicial.

—Augusto, por lo que recuerdo de la sección de ciencia de mi periódico, ¿la entropía no es igual al desorden?

—En efecto, podemos hacer la EB "igual de ordenada" que en el instante del reseteo, estado que no se podía alcanzar antes en nuestro universo, ya que era imposible a nivel práctico construir una máquina térmica reversible e isoentrópica en un sistema aislado. Sin embargo, gracias a la manipulación de la constante de Boltzmann, a la que realmente habría que llamar "pseudoconstante", y a la computación cuántica incrustada en la EB, que actúa a la manera de un diablo de Maxwell, hemos conseguido alcanzar el límite de la isoentropía en un sistema aislado como el nuestro.

—Bueno, en realidad no se comporta como un diablo de Maxwell, ya que en la formulación original era una máquina que conseguía reducir la entropía, aspecto que prohíbe la Teoría de la Computación de Shannon — matizó Marcus.

—Por supuesto, aunque dicha teoría sí permite la reversibilidad de una máquina térmica, es sólo una manera de hablar… —declaró Augusto.

—Bueno, mis lecturas de la sección de ciencias no llegan para tanto… ¿me podría explicar alguien en lenguaje asequible qué es un diablo de Maxwell?

—¿Me das la tiza? —Preguntó Silvia al profesor— voy a continuar con la lección de Física y quizás consiga rellenar esas lagunas de conocimiento con las que has venido al mayor experimento científico de este siglo.

—Toda tuya.

—Bien, un diablo de Maxwell es un experimento mental, que sugirió el científico inglés James Clerk Maxwell en el siglo XIX, para tratar de encontrar un sistema en el que no se cumpliera el Segundo Principio de la Termodinámica. Imagínate una caja dividida por un tabique con una puerta en medio que puede ser abierta o cerrada muy rápidamente por un ser inteligente, capaz de ver cada molécula individual y la velocidad que tiene. Maxwell eligió un "diablo" para justificar esas características casi mágicas. Cuando una molécula veloz llega cerca de la puerta, este diablo abre la puerta para permitir el paso solo a esta molécula, en cambio cuando se aproxima una más lenta, deja la puerta cerrada. Con el tiempo, a un lado del tabique solo hay moléculas rápidas y al otro lado solo hay moléculas lentas. En el caso de un gas, esto implica que en un lado hay una presión alta y en el otro, una presión baja. O lo que es lo mismo, hemos reducido la entropía total de la caja, ya que ahora con la diferencia de presiones es posible obtener un trabajo útil que antes era imposible con el gas a la misma presión.

—¿Pero el trabajo que hace el diablo observando las moléculas y abriendo la puerta no es mayor que el obtenido posteriormente? —objeté.

—Se puede diseñar la puerta para que trabaje sin rozamiento y observar las moléculas usando un único fotón, en otras palabras: se puede conseguir que el trabajo del diablo sea menor que el obtenido posteriormente, obteniendo una ganancia neta al final del proceso. Sin embargo, lo que hacía imposible dicho diablo es la *computación*, es decir, el decidir qué molécula es la rápida y cuál la lenta. Aunque siendo precisos, no es la *decisión*, sino el *borrado* de la información no necesaria, cuando la molécula ya ha pasado, lo que incrementa la entropía total del sistema.

—Es decir, si se construyese un diablo que no olvidase la información, la entropía del sistema podría disminuir… —apunté.

—En principio, sí. Con objetos inanimados ya lo hemos conseguido. Sin embargo, al incluir seres vivos, como en este experimento, sólo puede mantenerse la entropía constante, ya que la EB no sabe cómo "rejuvenecer" las células. Otra diferencia es el uso de qubits, en lugar de bits clásicos, por lo que no es necesario el borrado de estos, porque podemos usar la superposición de estados cuánticos durante muchos ciclos de procesado antes del reinicio del sistema…

Esta última parte de la explicación de Silvia, con dibujos de qubits en la pizarra incluidos, me dejó un poco confuso, cuando Augusto vio que yo iba a hacer más preguntas, cortó la charla.

—Silvia, otro día le darás a Janus una charla sobre computación cuántica, ahora tenemos que repasar la agenda de experimentos para el primer día de reseteo.

CAPÍTULO III

Mientras los tres científicos estaban en los laboratorios de la EB repasando los experimentos que debían de hacer hoy, yo me quedé en la habitación colocando mi ropa y mis cosas. La habitación era muy sencilla, compuesta por un armario empotrado, con espejo de cuerpo entero, una cama de 135 cm de ancha, un pequeño lavabo con un espejo pequeño en una esquina y junto a la puerta había una mesa, con una pequeña lámpara tipo flexo, un ordenador táctil integrado en la pantalla y un pequeño teclado con un pad táctil para mover el puntero. Una silla delante de la mesa y un pequeño sillón en otra esquina de la habitación completaban el mobiliario. Como más adelante pude comprobar, la disposición de las otras habitaciones era igual de espartana.

El ordenador estaba encendido y mostraba el entorno gráfico del sistema operativo VernEx. Ahí estaba el odiado y querido VernEx, el tercio excluso llamado así, por algunos, a causa de su oposición a los basados en Unix y Windows, odiado por el 99% de la humanidad y querido hasta la muerte por el 1% restante. La extravagancia de miles de programadores dirigida por un grupo de hackers franceses dio lugar a la creación de un sistema operativo desde cero en honor a Julio Verne.

Bueno, al menos este tenía una interfaz amigable. En la pantalla parpadeaba:

```
Nombre de usuario: Janus Dabal
Introduzca contraseña:
Repita contraseña:
```

Procedí a introducir mi palabra clave, incluyendo números y caracteres no alfanuméricos, tal y como se me pedía. Tenía unas aplicaciones sencillas como cualquier sistema operativo de hoy en día, exceptuando claro, los programas para conectarse a la red externa ya que no era posible desde aquí dentro. En el centro, bien visible, estaba la aplicación:

```
Diario personal permanente
```

Era la única aplicación que estaba conectada a la memoria del ordenador cuántico de la EB. Las otras se guardaban en la propia memoria del ordenador y, por tanto, serían borradas cada día en la segunda fase del experimento.

Fui a buscar a los demás para ver qué estaban haciendo en ese momento y tratar de seguir sus rutinas, y tomar notas mientras hablaba con ellos, para redactar luego mi crónica diaria de todo lo que iba sucediendo dentro de la esfera. Aquel primer día parecía algo aburrido y, francamente, lo era, pero a la mañana siguiente todo cambiaría y un nuevo mundo aparecería ante nosotros.

Marcus estaba atareado con un experimento de crecimiento cristalográfico. Según las ecuaciones termoquímicas que manejaba, la disolución a temperatura ambiente de un compuesto orgánico (un "metil-etil-algomás") producía unos bonitos cristales azules que cambiaban de color con un filtro polarizador. Quizás deberían haber enviado a un periodista científico, pero pensaron que alguien como yo, que había vivido la guerra libio-egipcia retransmitiéndola dentro de un búnker, no sentiría claustrofobia por estar encerrado dos meses seguidos.

—…por lo que finalmente, al ser la reacción irreversible, la cristalización está asegurada con una velocidad conocida en miligramos por hora…

Marcus continuaba explicando su experimento y, como no me estaba enterando muy bien, cambié de tema preguntándole por el efecto de la EB sobre los cristales.

—Cuando se resetee todo el interior a las 3:00 horas, los cristales volverán otra vez a la disolución. Esta cámara lo grabará y de nuevo empezará la cristalización desde cero con la tasa que te he dicho antes de 44.3…

—Ya veo, ¿será instantáneo o gradual? —pregunté

—Francamente, no lo sabemos todavía. En pequeños recipientes era casi instantáneo, pero aquí hay mucha masa que reordenar. Por nuestra seguridad, física y mental, es mejor estar dormidos. Estar despiertos en medio del proceso nos puede dejar gravemente desorientados por un rato.

Fui a buscar a Augusto, que estaba testeando en ese momento la presión interior y exterior de la esfera en busca de fugas de aire.

—Ninguna fuga, Janus, el aislamiento es prácticamente perfecto.

—¿No hay fugas por las vigas que sostienen la esfera?

—¿No lo sabes? La EB al ser superconductora en su capa externa flota sobre unos enormes imanes de neodimio que están en la capa esférica aislante conectada al laboratorio. Dichos imanes se encuentran repartidos en la parte inferior para ayudar a distribuir el peso de la EB.

—Por lo que nada la toca y no se puede saber lo que pasa dentro —deduje.

—Exacto, aprovechamos el efecto Meissner para conseguir la levitación magnética, lo cual me recuerda… tengo que ir un momento al almacén de componentes electrónicos a por una sonda Hall… ¿puedes ir a hablar con Silvia? Voy a estar ocupado un rato…

—De acuerdo, luego nos vemos.

Dejé al profesor, que se iba al almacén a buscar sus componentes electrónicos, necesarios para algún tipo de test o prueba. En ese momento Silvia estaba en el laboratorio de biología, no porque fuese una experta en ese tema, sino porque le habían asignado ese cometido y un guion de experimentos muy detallado. En las semanas anteriores tuvo que asistir a un curso acelerado en el departamento de biología para aprender lo imprescindible para desempeñar esa tarea.

Al entrar por la puerta del laboratorio me la encontré mirando por un microscopio binocular una muestra en una placa de Petri.

—Hola, ¿te puedo hacer unas preguntas?

Silvia dio un respingo y se volvió para mirarme, parpadeando fuertemente para volver a enfocar sus ojos hacia mí.

—¡Ah! —Exclamó sobresaltada sofocando un gritito— No te esperaba tan pronto, estoy controlando el crecimiento de una muestra de levadura en un medio de cultivo y estimando cuál debería ser su tamaño mañana a la hora de control si no hubiera reseteo. También calcularé la extensión considerando que a las 3:00 debería volver a su tamaño original. Mañana veremos cuál de las dos es la correcta.

—Pero tienes una sospecha, ¿no es así?

—Eso sería ser prejuicioso, un vicio que un científico no se debería permitir. Si la teoría es correcta debería tener el tamaño correspondiente a un reseteo exitoso. Sin embargo, es posible que se dé no solo una de las dos opciones anteriores, sino también otra distinta de lo que tenemos ahora en mente. Hay que esperar cualquier resultado.

Tengo que reconocer que la pasión que ponía Silvia al

hablar de su trabajo era admirable, sin embargo esa soterrada hostilidad que parecía tener hacía mí era un muro que nos separaba, quizás no demasiado alto, pero estaba ahí.

—¿Se realizarán más experimentos sobre seres vivos?

—Sí, tenemos pensado ver cómo afecta al ciclo vital y de reproducción en la mosca de la fruta y ratones de laboratorio. Otros seres vivos que vamos a estudiar van a ser algas y otras especies vegetales, bacterias y hongos.

—Interesante... se me está ocurriendo una situación paradójica: Si una ratona de laboratorio se quedase encinta durante un día, ¿la EB la devolvería a la situación de no-embarazo?

—Si la teoría es correcta, eso es lo que debería pasar, sin embargo hasta que no lo observemos no podemos asegurar que la EB sea capaz de revertir un cambio fisiológico como ese —contestó Silvia volviendo a dejar claro su alma de científica pura.

En ese momento se me pasaba por la cabeza preguntar qué cambios fisiológicos revertería la EB en nuestros cuerpos, pero me salvó de decir una tontería, a ojos de Silvia, que una alarma de aviso empezara a sonar.

—Perdona, tengo que comprobar el crecimiento de un cultivo de bacterias.

Estuve paseando por el laboratorio y vi a dos ratones en una jaula dedicados a la reproducción de su especie. ¿Los había escogido porque se encontraban en su etapa de celo? ¿O era inducido por alguna hormona que les suministraba? En ese momento Silvia me vio mirando la jaula y dejó escapar una media sonrisa. Desistí en mis preguntas por las actividades de los ratones y salí a recorrer el interior de la esfera.

El gimnasio no era muy grande, pero estaba bien equipado. Yo no era experto en artes marciales como Augusto y Marcus, pero deseaba quemar unas pocas calorías. Estaba acostumbrado a recargar mi ordenador de la redacción con un generador a pedales o usando una bicicleta estática con generador incorporado en nuestra zona de ocio. Por esa razón me decidí a usar la bicicleta elíptica, donde estuve ejercitándome durante media hora.

Cuando acabé, estuve haciendo series de mancuernas y en ese momento llegó Silvia, enfundada en unas mallas y se dirigió a la bicicleta elíptica que había dejado libre.

—Ya he acabado de poner a punto el laboratorio y tomar los datos iniciales. Mañana habrá más trabajo y habrá que decidir cómo orientar los experimentos posteriores en función de lo que obtengamos —me explicó Silvia, mientras se subía a la máquina y ajustaba su dificultad de entrenamiento.

—Espero poder escribir crónicas más interesantes a partir de mañana. —Dije mientras me cambiaba la mancuerna de mano.

Para empezar elegí una ligera de 2 kg. Quería un ejercicio suave y constante para ejercitar el músculo, y durante las semanas siguientes seguiría ejercitándome para no perder músculo ni ganar peso.

Silvia tenía un cuerpo en forma y sin grasa, cogió ritmo y con una respiración constante se ejercitaba mirando al frente. Intentaba no mirarla directamente, mientras seguíamos hablando de temas relativos a la esfera. Por la noche se celebraría el comienzo del experimento con una cena especial.

—La verdad es que estoy nerviosa por el reseteo y para evitar el insomnio me tomaré una pastilla para dormir. Están en la cocina y luego te enseñaré donde las guardamos, en el caso de que tú también las necesites.

—Quizás, creo que el saber que necesito estar dormido hace que posiblemente me entre insomnio. Aunque quizás pasada la primera noche no las necesite. Me acostumbré a dormir en un bunker bajo tierra con el sonido de las bombas que caían, pero la primera noche me la pasé completamente despierto.

—¿Estuviste en el bombardeo del El Cairo? —Me

preguntó Silvia, con interés.

—Sí, pero lo terrible no era el bombardeo por la noche, sino salir por el día a informar entre medias de los edificios derruidos y ver a la gente intentando rescatar a sus seres queridos.

—Me hago una idea de cuán terrible debe de ser eso. Cuando estudiaba en la universidad fui un mes de voluntaria a Sri Lanka a ayudar a los damnificados por un tsunami y se veía en los campos de refugiados a mucha gente abatida de dolor por perder a sus familiares y sus recuerdos de toda una vida.

—Después vino el alto el fuego y el cese de los bombardeos. Mucha gente murió sin saber por qué, ya que el tratado de paz dejaba las fronteras tal y como estaban antes de la guerra, y ninguno de los dos bandos obtuvo ninguna ventaja sobre el otro. Acabé mi crónica de los sucesos y no pude encontrar ninguna enseñanza positiva en lo que presencié.

—Sí, eso es lo que no entiendo del ser humano. La capacidad de dañarnos los unos a los otros por cosas nimias o incluso sin haber motivo alguno.

A continuación, Silvia se bajó de la máquina y se dirigió a la pequeña ducha con la que contaba el gimnasio para quitarse el sudor y lavarse brevemente. Yo, por mi parte, me disponía a ir al cuarto de baño de la esfera, pero Silvia me detuvo:

—Espérate, no hace falta que vayas a la otra ducha, tardo muy poco y así podemos seguir hablando.

—De acuerdo, así solo usamos uno y después tendremos menos que limpiar.

—Pero... Janus... ¿no te has dado cuenta todavía? Ja, ja...

El agua que empezaba a caer y el hecho de que la ducha estuviera detrás de una pequeña pared en la parte de atrás del gimnasio no ayudaba a que entendiera muy bien a Silvia, pero pude captar la mayor parte de lo que decía.

—No, la verdad es que no. — Dije en voz alta para que

me oyera con ruido del agua.

—Si el experimento sale bien, no nos tendremos que preocupar de limpiar nunca. Todas las mañanas estaría la esfera igual de limpia por dentro que el primer día.

De repente, caí en la cuenta de las implicaciones del experimento. El que nuestra vida se haya desarrollado en un mundo en el que la suciedad y el desorden siempre aumentan no nos había preparado para las consecuencias de vivir en una parte del universo que, de repente, se había convertido en un refugio del orden.

Cuando Silvia terminó de ducharse, salió envuelta en una toalla camino de su habitación. Entré en el pequeño cubículo que albergaba la ducha y abrí el agua caliente. Mientras me duchaba, de repente, en esa clase de asociación de ideas que se dan cuando dejas tu mente en blanco cuando estás debajo del chorro de agua, me di cuenta de otra consecuencia de la esfera: Daba igual cuanto me ejercitase en el gimnasio, no iba a ganar más músculo, porque de un día para otro la EB me dejaría mi cuerpo en la misma situación en la que estaba hoy a las 12:00. De todas formas seguiría acudiendo al gimnasio, no había muchas actividades que hacer aquí y una forma de mantener la mente ocupada era mediante el ejercicio físico. También habría una consecuencia positiva: Tampoco perdería músculo ni engordaría por mucho que comiese durante este tiempo. Poco a poco, mientras caía el agua reflexioné acerca de las implicaciones de este experimento. Durante aquellos dos meses yo no envejecería nada, pero el resto del mundo que estaba fuera sí, y esto tendría muchísima utilidad. Por ejemplo, en el campo de los viajes espaciales, por no hablar de multimillonarios que se harían fabricar una para no envejecer. Salí de la ducha y me dirigí a mi habitación. Durante la cena le expondría a Augusto todas estas ideas, y con sus respuestas ya podría completar mi crónica de hoy.

Nos reunimos en la cocina, con una mesa central

alrededor de la cual se distribuían los electrodomésticos de cocina y armarios con variedad de alimentos y comidas. Cocinamos pescado al horno, bistec de ternera, revuelto de verduras y de postre una tarta helada. Todo ello acompañado de vinos y cerveza. La conversación se fue animando más y más. Empezamos hablando de las elecciones al parlamento europeo y terminamos charlando animadamente sobre Eurovisión, donde la cantante francesa había ganado tras varias décadas en las que Francia nunca había quedado en los primeros puestos.

Al terminar la tarta, empezamos a beber vodka y le pregunté al profesor:

—¿Augusto, qué pasará con toda esta comida dentro de un rato?

—¿Realmente quieres saberlo?

—Debo preguntarlo, aunque no me guste la respuesta.

—En los primeros prototipos, los ordenadores cuánticos reordenaban las moléculas originales por difusión de los átomos constituyentes. Eso valía para pequeñas masas y volúmenes de materia. Sin embargo, para grandes volúmenes eso no es práctico. Se tardaría horas en que los átomos se difundieran dentro de la EB hasta ocupar sus posiciones iniciales. Por suerte, al manipular la constante de Boltzmann, también se comprobó que el teletransporte de átomos, moléculas sencillas y macromoléculas se simplificaba también. Por tanto, se estima que se tardarán unos segundos en reiniciar el interior de la EB. Sin embargo, será mañana, al despertarnos, cuando sabremos exactamente cuánto ha tardado. El ordenador nos lo dirá tras la medición de esta noche.

—¿Segundos? ¿Entonces es posible sentir el proceso?

—Posiblemente, pero como no sabemos qué tipo de sensación será preferimos no arriesgarnos. En los ratones de laboratorio se observaba una cierta desorientación, pero ningún efecto traumático.

—Bueno, será mejor que no sigamos con el vodka —

indicó Silvia— nos tenemos que tomar las pastillas para el sueño dentro de un rato y no es bueno tomarlas con mucho alcohol en el organismo.

—Además, durante este mes la esfera no nos curará las resacas —añadió Marcus— porque deja sin reiniciar el cerebro.

— Ya nos desquitaremos el siguiente mes, ja, ja, ¿no es así, Marcus? —Señaló Augusto— y lo mejor es que podremos beber todos los buenos licores, porque al día siguiente estarán de nuevo en la botella.

—Ya veo, por eso has sacado ahora el Nostrovia — comenté agudamente.

El Nostrovia era el mejor vodka de lujo, ideal para comerlo con caviar del Mar Caspio, cosa que aprendí durante mi etapa en Moscú, cuando un oligarca ruso, al que entrevisté, me hizo pasar una de las mejores noches de mi vida con vodka, caviar y mujeres rusas. La verdad es que al final no pude resistirme a dejarlo bien en mi reportaje, cosa que evidentemente era lo que buscaba. Algo me decía que si el profesor había traído el Nostrovia, el caviar no estaría lejos en la cocina…

Una vez recogida la cocina, Silvia me dio una pastilla para dormir, un relajante suave sin efectos secundarios. Me mostró donde coger más, de una caja situada en un cajón del armario de la cocina.

—Aquí hay suficientes cajas para suministrarnos a todos durante todas las noches del experimento, pero no creo que nos haga falta tomar tantas, al cabo de pocos días espero dormir por mí misma —me dijo Silvia.

—También yo —le dije cuando llenaba un vaso con agua para tomármela.

Volví a mi habitación y me puse a escribir mi crónica de hoy. Cuando todavía me quedaba un poco para acabar, la somnolencia me iba venciendo y decidí continuar al día siguiente, no quería intentar seguir despierto por si me desvelaba.

Me dormí enseguida, pero en medio de la noche me

surgió la necesidad de ir al servicio. Fui despacio, sin hacer ruido, oriné y volví a la cama. Justo cuando empezaba a conciliar el sueño tuve una sensación extraña, fue como si el suelo se alejase de mí y me sentí caer. En ese momento agité las piernas y me desperté bruscamente.

Miré la hora del reloj: Las 3:00:15. Semiinconsciente había presenciado la transición. Me tranquilicé y seguí durmiendo.

CAPÍTULO IV

Me levanté como un niño que espera sus regalos el día de Navidad, quería ver qué me había traído la EB. Lo primero que noté al pasarme la mano por la cara era la barba, mejor dicho, la ausencia de ella. Ayer entraba a las 12:00 casi recién afeitado y por la noche, después de la cena, tenía un poco de barba. Hoy, al despertarme volvía a tener suave la piel de la cara. Algo me decía que iba a gastar pocas cuchillas de afeitar dentro de la esfera.

¿Qué más notaba? Ayer, la habitación ayer olía a limpia, a recién estrenada. Ese olor seguía en el ambiente. La ropa, la dejé arrugada y con alguna mancha de la cena. Hoy lucía impecable en el armario. Había algo antinatural en todo esto, aunque en un día no se llega a acumular suficiente polvo, suciedad y desorden en una habitación como para resultar visible, se notaba en el ambiente que la "huella humana" de mi presencia era imperceptible, como si solo llevara una pocas horas allí. Fui al cuarto de baño, allí todo relucía impecable. Ayer por la noche, después de haber sido utilizado por cuatro personas durante todo el día, empezaba a acumular algo de manchas de cal, suciedad, pelos, etc. Recuerdo que había un pelo largo y rizado de Silvia pegado al grifo del lavabo, pero esta mañana no estaba y el grifo se veía reluciente, sin una mancha. ¿Habrá vuelto otra vez el pelo a la cabeza de Silvia? De repente, caí en la cuenta de que también mi pelo se quedaría con la misma longitud, a no ser que… En ese momento volví rápidamente a mi habitación, quería hacer mi propio experimento.

Cuando entré a la cocina a desayunar, Silvia, que estaba sentada enfrente de la puerta con un café en la mano, se quedó boquiabierta.

—Janus… tu pelo… ¿qué has hecho?

—Afeitarlo por completo como podéis ver, pero si la esfera se comporta igual esta noche mañana volverá a estar en su sitio.

—Lógico —comentó el profesor— yo no lo he notado porque mi barba es larga, pero Marcus tiene el mismo afeitado con el que entró ayer.

—Así es, entré sin pelo en la cara como Janus y esta mañana me he levantado igual —remarcó Marcus.

—¿Qué más cosas hemos notado? —Preguntó Silvia.

—Obviamente, la cocina está más limpia —contestó Marcus.

Abrí la nevera para coger la leche y dije:

—La cena de anoche sigue aquí, en sus embalajes originales.

Augusto se dirigió al armario con el cubo de la basura y dijo:

—No hay basura, está completamente vacío.

—Impresionante, todo esto es sencillamente asombroso, no pensábamos que la EB hiciera tan bien su trabajo —puntualizó Silvia.

El profesor asintió, sacó su holotab, seleccionó algunas gráficas y dijo:

—Primero tenemos que felicitar a nuestros informáticos, han hecho un trabajo espléndido, nunca antes se había programado tal cantidad de qubits a la escala de la EB. Dicho escalamiento, tres órdenes de magnitud por encima del prototipo, ha hecho que el modo de trabajo *Demonio de Maxwell* nos dé un 100% de eficiencia. Amigos, por primera vez en la historia se ha conseguido la verdadera isoentropía.

—Con un poco de trampa… —puntualizó Marcus— el poder modificar la constante de Boltzmann nos permite tener mayores fluctuaciones de los microestados pudiendo elegir el camino más eficiente para revertir los procesos termodinámicos.

—Augusto, ¿qué pasaría si la tasa de refresco de la esfera se actualizara cada pocos minutos, en vez de día a día? —Preguntó Silvia de repente.

—Nada, se podría hacer, aunque nos desorientaríamos cada pocos minutos. El tope teórico serían los 15-20 segundos que tarda en reordenarlo todo, pero creo que no será necesario exprimir tanto la EB. Una vez al día parece suficiente —respondió el profesor.

Acabé de desayunar y mientras los demás hablaban sobre las tareas y experimentos del día, yo no hacía nada más que pensar en las múltiples posibilidades que había y en cómo hacer una crónica que reflejase fielmente este extraño lugar que tan fácilmente se autoordenaba. Mi propio experimento de ese día iba a ser el pelo. Obviamente, había otras muchas posibilidades, pero no contemplaba ninguna que implicase experimentar con mi cuerpo, ya que no tengo tendencias masoquistas y el autolesionarme no iba con mi carácter. Me centraría en experiencias sencillas, como romper cosas y ver a la mañana siguiente si se recomponían gracias a la acción de la EB. Pasé el día siguiendo en su trabajo y preguntando a mis tres compañeros para completar mi crónica. Volví a tomarme la pastilla para el sueño y esta vez no me desperté en mitad de la noche.

Cuando me desperté a la mañana siguiente, lo primero que noté fue que volvía a tener pelo. Varias cosas que dejé encima de la mesa, un folio rasgado, un bolígrafo partido por la mitad y un clip doblado volvieron a recuperar su forma y aspecto original. No solo eso: El folio, que estaba escrito y firmado por mí, volvía a estar en blanco. Esa mañana las conversaciones en el desayuno volvían a ser sobre el mismo tema, pero esta vez no era tanta la sorpresa de un nuevo fenómeno, sino el asombro de nuevas cosas descubiertas esa mañana.

—El cultivo bacteriano retrocedió otra vez —le estaba diciendo Silvia al profesor.

—Ya veo... ¿irradiaste las muestras?

—Sí, y ayer por la noche registré cambios en el ADN en las nuevas células, pero esta mañana el ADN volvía a ser el mismo que el de la población inicial—aclaró Silvia.

—Vaya, te ha crecido el pelo deprisa esta noche, ja, ja... —me dijo Marcus nada más entrar por la puerta de la cocina.

—¿Sentiste algo? —me preguntó rápido el profesor.

—Nada de nada, he dormido de una vez esta noche y no recuerdo ninguna sensación especial —dije.

—Interesante...

—Y te queda mejor así el pelo que afeitado —apuntó Silvia riéndose— por suerte, la esfera te ha dejado igual en el mejor momento posible.

—Gracias... —dije, sin saber cómo responder mejor a lo que parecía un cumplido de Silvia, y a esa obvia manifestación de que la barrera que había existido entre nosotros ya había desaparecido.

Durante la mañana acompañé a Marcus en sus experimentos en el laboratorio. Estuve ayudándole a clasificar una serie de muestras metalográficas que observaba a través de un microscopio. Básicamente tenía unas plaquitas de titanio cuya superficie era modificada mediante un proceso de calentamiento en un horno. Esto provocaba, según me explicó él, una serie de expansiones y contracciones térmicas que modelaba la microestructura de la superficie. Unas marcas hechas con un microindentador ayudaban a encontrar la zona a revisar en el microscopio.

—Fíjate bien como en esta pantalla a la izquierda en el área de control tenemos la microfotografía de la muestra de ayer y como en la pantalla de la derecha, conectada al ocular del microscopio, vemos la muestra en este momento en la misma área.

—Parecen iguales —dije dudoso.

—Son iguales. Aterradoramente iguales. En resoluciones de micrómetros la EB consigue reestructurar la superficie de forma similar a la que estaba antes. Es una pena que no hayamos podido traer un microscopio electrónico. Pero había mucho instrumental que traer y poco espacio disponible. Quizás en un prototipo más grande…

—Una opinión que me interesa saber como periodista son las implicaciones éticas, sociales y políticas de la EB. ¿Qué opinas en concreto?

—Bueno, yo soy más pragmático que Augusto. Él opina que la EB solo debería estar en manos de las instituciones públicas de investigación, mientras que yo opino que se debería dar entrada a empresas e instituciones privadas, fundaciones, etc. para que inviertan dinero en investigar este nuevo fenómeno. La investigación pública tiene una carencia crónica de fondos mientras que el sector privado podría invertir grandes cantidades de dinero en nuevas EB.

—¿Pero no existiría la posibilidad de que la esfera fuera usada por un multimillonario para sus propios usos personales? Por ejemplo, para evitar envejecer mientras ve crecer su riqueza —pregunté para tantear la reacción de Marcus.

—Podría ser, pero pagaría una factura enorme de electricidad. ¿Sabes cuanta es la energía eléctrica necesaria para cargar los circuitos superconductores de la esfera?

—La verdad es que no me lo he preguntado… —admití, avergonzado por mi ignorancia.

—Aproximadamente unos 214936 kilovatios-hora, lo que equivale al consumo de electricidad de unas 66136 personas, tanto como la población de una pequeña ciudad, en un día normal. Además, la pared aislante exterior, la que está en contacto con las instalaciones del instituto, contiene una reserva de helio líquido que tiene que ser continuamente refrigerada mediante máquinas criogénicas.

—¡Guau! Es impresionante… Supongo que por eso es necesario el reactor de fusión del instituto.

—Así es. Es un prototipo no comercial, sin embargo da mucha más energía que la que recibe, puede funcionar solo con deuterio, y el coste de obtener así la energía es dos órdenes de magnitud inferior al que nos costaría si tuviéramos que comprarla a la red exterior. Además, en estos últimos tiempos la red eléctrica tiene muchos apagones, mientras que el reactor del instituto puede tener un funcionamiento continuo durante meses.

—La verdad es que los próximos años la economía va a cambiar bastante, en cinco años se estima que el mundo va a estar inundado de energía limpia y barata, hay varios centenares de reactores de fusión en construcción, pero si las esferas se popularizan también se va a consumir muchísima energía.

—Eso es inevitable, pero salvo las que se construyan de investigación, no habrá muchas en manos privadas, de momento Augusto no quiere saber nada del tema de empresas inversoras —se quejó amargamente Marcus.

—Sería un nuevo y floreciente mercado donde habría pocos expertos…—sugerí inocentemente.

En ese momento me quedó claro que había profundas divergencias entre el idealista Augusto y el pragmático Marcus. Pese a mi juventud ya tenía un instinto periodístico para indagar en las historias y ahí parecía que la disparidad de opiniones entre ambos científicos podría ser una fuente de conflictos en el futuro, si no lo era en aquel momento. Sin embargo, ambos se llevaban bien y compartían una afición común por las artes marciales. Marcus me apremió para que acabase pronto aquellos ensayos, porque había quedado con el profesor durante la siguiente hora para realizar unos entrenamientos en el gimnasio.

—La verdad es que estoy un poco desentrenado, pero si todo va bien mañana no me van a doler los golpes —admitió Marcus.

—Enseguida me pasaré a veros. Voy a mi ordenador a transcribir mis notas y luego me acercaré por el gimnasio.

El combate simulado que tuvieron en el gimnasio me impresionó bastante. Al principio empezaban lanzándose golpes e intentando llaves con una cierta precaución, para no hacerse daño, pero poco a poco el entrenamiento empezó a subir de intensidad. Augusto se giró inesperadamente, evitando ser bloqueado por una llave de Marcus, y le soltó un golpe hacia atrás con el puño izquierdo que impactó en la nariz de Marcus, provocando su sangrado inmediato.

—Tranquilo, no pasa nada, me pongo un algodón y vuelvo.

—¿Quieres seguir? ¿De verdad?

—No hay problema, no duele mucho.

El golpe pareció darle alas a Marcus, en un ataque de Augusto se giró rápidamente, se plantó detrás de él y le dio una patada en la parte trasera de la rodilla derecha que tiró al profesor al suelo.

—¡Joder! ¿Te gusta jugar duro? Te voy a enseñar unos trucos que aprendí en Kioto…

Augusto lanzó un ataque con su brazo derecho al tiempo que se empezaba a mover lateralmente hacia el lado izquierdo de Marcus. Éste bloqueó el golpe, pero se vio sorprendido por un rápido rodillazo de Augusto con su pierna izquierda que lo derribó. Al mismo tiempo que tocaba el suelo, un rápido giro de Marcus intentaba hacer caer al profesor Volert mediante una patada a sus tobillos. Augusto no llegó a caer, pero se tuvo que retirar para recuperar el equilibrio, al tiempo que Marcus aprovechaba para enderezarse de un salto desde el suelo y empezar a soltar golpes con sus brazos y patadas a la cara de Augusto.

Silvia, que observaba la pelea igual que yo, se empezó a poner pálida por la fuerza de los golpes que intercambiaban sus compañeros y me miró con una cara que parecía expresar lo que pensábamos los dos: "¿cómo parábamos esto?"

Entonces, Silvia se levantó del suelo donde estábamos sentados viendo aquello y dio un grito:

—¡Parad! ¡Parad ya! —Exclamó mientras se abalanzaba sobre ellos para interponerse.

Marcus y Augusto se separaron, no sin cierta reticencia, hasta que al final se tranquilizaron y decidieron no seguir peleando.

La cena transcurrió en silencio. Ambos tenían cortes en la cara y hematomas. Volert cojeaba al andar y Marcus no podía respirar bien por tener la nariz rota. Silvia les dio unos analgésicos fuertes para que pudieran dormir sin sentir dolor hasta el reseteo. Ambos se marcharon pronto de la cocina y en silencio, sin mediar palabra. Nos quedamos allí, ella y yo, callados hasta que, de repente, me preguntó:

—¿Por qué a los hombres os gusta tanto la violencia? Los conozco bien y siempre había presenciado tranquila sus exhibiciones porque había un ambiente de deportividad sin ánimo de hacerse daño. Pero hoy he visto en sus caras un instinto agresivo que me ha asustado mucho.

—A todos los hombres no les gusta la violencia y he visto muchos asesinatos en mis crónicas cuyas autoras eran mujeres que habían matado salvajemente a otras mujeres, hombres o niños.

—Siempre hay excepciones y lo sabes. Pero lo de antes ha sido un alarde de salvajismo alimentado por un exceso de testosterona. ¡Parecía que se querían matar!

—Comprendo que estés muy alterada. Para mí también ha sido impactante asistir a la pelea, creía como tú que íbamos a ver una exhibición elegante de golpes y llaves de artes marciales y parecía que estaban en un callejón de los bajos fondos. Por suerte, han reaccionado bien cuando les has parado.

—Perdóname, pero estoy muy alterada... pásame una servilleta, por favor...

Inmediatamente, los ojos de Silvia se pusieron vidriosos y empezó a llorar, gemir y suspirar. Instintivamente, la abracé y ella siguió llorando un rato más sobre mi hombro.

—Gracias, me voy a dormir...

Se levantó y me dejó allí solo en la cocina. Los platos se habían quedado sobre la mesa. Sabía que era una estupidez recogerlos. Mañana aparecerían otra vez en sus armarios, limpios, gracias a la acción de la EB, pero necesitaba una actividad para relajar mi mente. Recogí todos los platos, los enjuagué con agua, los dejé sobre la pila del fregadero y me fui a escribir mi crónica.

Artes marciales y científicos luchadores

"La esfera de Boltzmann ha dado alas a Marcus y a Volert que no temiendo lesiones permanentes se han enfrascado a muerte en un combate de artes marciales épico. Imagínense a Bruce Lee y a Jackie Chan, héroes inmortales de las películas de mi infancia, peleando hasta la muerte por querer ser el campeón mundial. Músculos sudorosos, tendones estirados y venas hinchadas mostraban que no era una simple exhibición. Los puños y los pies volaban a toda velocidad, sin freno, sin importar el daño que podían causar si no eran detenidos. Por suerte, la determinación de Silvia, científica de mente férrea y corazón generoso, ha podido parar la rabia asesina de estos dos sabios metidos a luchadores. Mañana veremos si sus heridas se han curado."

EB, segundo día del experimento.

Este estilo culto, quizás un poco recargado, era consecuencia de las enseñanzas de Antoine. Redactar de esta manera había sido denostado desde hacía muchas décadas en las facultades de periodismo, pero se había puesto de moda recientemente. Es un poco pomposo para mi gusto, pero era lo que pedían ahora los nuevos lectores.

CAPÍTULO V

La pastilla del sueño hacía que durmiera del tirón, pero notaba que no descansaba del todo bien. Mañana intentaría dormir de manera natural, para poder descansar mejor. Al tercer día ya nada me sorprendía, ni la ropa limpia, ni los objetos intactos, ni tampoco que hubiese nada de polvo ni olores en mi habitación. Me duché para despejar mi mente, no porque lo necesitase. En realidad, para mi cuerpo solo habían pasado unas ocho horas desde mi última ducha, igual que para mi cara afeitada.

Cuando llegué a la cocina a desayunar, el ambiente era completamente distinto al de ayer por la noche. Silvia reía, y Augusto y Marcus estaban hablando de una anécdota graciosa acerca de un técnico que ambos conocían. Los dos estaban perfectamente intactos, sin hematomas ni cortes, fracturas o lesiones. Era sencillamente asombroso.

—Buenos días. Parece que otra vez la magia de la esfera nos devuelve nuestro cuerpo intacto a todos.

—Así es, Janus, la verdad es que ayer nos dejamos llevar, pero también porque era una oportunidad única de luchar sin autolimitarnos. El problema fue que tampoco limitamos nuestras emociones y eso nos llevó a golpearnos más fuerte de lo debido —se disculpó Augusto.

—Bueno, yo tengo que calibrar el espectrógrafo de masas, que hoy empiezo una nueva tanda de experimentos —se excusó Marcus para irse a trabajar.

—¿Esta tarde otra nueva ronda? —le preguntó Volert.

—De acuerdo, he tomado nota de tus llaves de Kioto…

—Je, je, nunca podrás superar al maestro… Me voy, que tengo que seguir con las medidas de campo magnético.

—Pues yo esta vez no pienso ir a veros, ni a ayudaros por muchos gritos que deis. Ya que os gusta tanto el dolor, que sea luego la EB la que os cure por la noche —dijo Silvia sonriendo.

Empecé a prepararme un café mientras que Silvia estaba terminando de comer la última tostada.

—¿Cuántas llevas ya? —Pregunté.

—Cuatro, llenas hasta los bordes de mantequilla y mermelada, ja, ja, ja.

—¿Es una suerte lo de la esfera, verdad? —Sonreí maliciosamente.

—Fantásticamente decadente —admitió Silvia con cara de placer— antes no comía nada más que una y solo algunas veces. Otras veces desayunaba solamente el café y una manzana.

—Yo también me voy a preparar una decadente tostada, je, je.

—¿Me ayudas en el laboratorio? Tengo que tomar muestras de sangre a la cobaya hembra, y mientras hay que separar al macho, el cual me temo va estar en celo continuo hasta que salga de la esfera.

—¡Pobrecito! Condenado a tener sexo todos los días, sin cansarse, ni agotarse…

—Janus… ja, ja, por favor, no empieces a comportarte como todos los hombres…

—En fin, te ayudaré a separar a nuestra cobaya libidinosa. Espero que no me muerda y me transmita a mí también el celo…

—Sí, porque entonces tendrías que seducir también a la

cobaya hembra y es muy selectiva… —siguió Silvia con la broma.

Más tarde, después de hacer de ayudante de veterinario improvisado, Silvia se disculpó conmigo:

—Perdona por lo que te dije ayer, no quería generalizar y que te sintieras ofendido.

—No pasa nada, comprendo el estado en el que te encontrabas.

—Realmente, sí puedo entender el gusto por la violencia y sé que no es solo cosa de hombres. Cuando estaba en la Facultad de Física, compartía piso con una artista, una chica poco convencional que estudiaba Bellas Artes. Una noche para relajarnos, abrió una botella de vodka y empezamos a tomar chupitos. Entonces me sugirió que jugáramos a un juego.

—Si…

—Bueno, el caso es que consistía en que una tenía que dar un guantazo a la otra. Si la que recibía el guantazo no se inmutaba ni pestañeaba, la otra tenía que beber el chupito y era el turno de la que había recibido. Dijo que para evitar discusiones, nos grabáramos en vídeo para recurrir a él en caso de duda.

—Ya veo, ¿el juego no acabó bien?

—Más bien… no. Al principio eran risas y bromas y nos empezamos a calentar la cara con golpes flojos y empezamos a desinhibirnos más y más cuanto más bebíamos. Hasta que ella me dio a mí un guantazo fuerte que me dolió y me hizo llorar. Me llamó: "llorica" y se rio de mí. "Bebe" me ordenó. Bebí, sonreí y le solté un guantazo fortísimo. Me quedé helada porque el suyo había sido fuerte, pero el mío había sido brutal. Se contuvo, se tocó la cara, bebió lentamente y yo estaba asustada esperando su turno. Me soltó un guantazo tremendo que me hizo que perdiese el equilibrio y cayese al suelo. Contuve el llanto y dije: "sigamos", pero ella insistió en que parásemos. Le pregunté si tenía miedo de perder el juego y se puso sería y me dijo que no. Bebí, alargué la mano, ella cerró los ojos y le solté otro guantazo fuerte.

—¿Quién cedió?

—Bueno, el caso es que ninguna. Cuando ella se tambaleó, el vodka y el dolor en la cara hizo que su estómago no aguantase más y su boca se convirtió en un surtidor...

—No me cuentes más...

—Yo, que fui a sujetarla, lo recibí todo, haciendo que a mí también se me revolviese el estómago y también vomité sobre ella.

En ese momento tuve que hacer un esfuerzo por no sentir arcadas, puesto que estaba imaginándome la escena con todo detalle y me afectó también la náusea.

—Me imagino que ahí se paró todo.

—Sí, estábamos tan borrachas que nos sentamos en la ducha para no caernos y ayudarnos la una a la otra a limpiarnos. Tiramos la ropa directamente a la basura y una vez limpias nos dejamos caer en nuestras camas a dormir la borrachera.

—Vaya lección.

— Bueno, la lección no la aprendí ese día —admitió avergonzada— al día siguiente mi compañera conecto la cámara a la televisión y pudimos ver con toda nitidez nuestra borrachera, el odio de nuestras miradas al recibir un golpe y la satisfacción que sentíamos al pegar a la otra. Nos miramos y nos abrazamos. Ella me dio un beso en la mejilla dolorida y me dijo: "lo siento" y yo también le contesté: "lo siento", pero me dio un impulso raro y le di un beso en los labios. Nos separamos y nos quedamos calladas un buen rato. Luego ella rompió el hielo y comentó: "vaya luchadoras de pacotilla que somos" y preparó arroz para las dos y ahí quedó zanjado el asunto.

—¡Guau! Una historia realmente... ¿interesante?

—Sí, bueno... en el fondo lo que quería decir que es que no soy mejor que ellos dos. Reconozco que en un momento de mi vida disfruté pegando a otra persona y supongo que esa es la enseñanza que saqué de esa vivencia. No soy quien para criticar a nadie. Perdona si fui ruda contigo anoche, es que quizás mi carácter es así.

—Bueno, no hace falta que te disculpes, como dije ayer las cosas se pusieron extrañas. Lo importante es mantener la cabeza serena aquí dentro, porque al ser un espacio tan pequeño, donde solo estamos nosotros cuatro, las emociones se van a amplificar.

—Gracias, me ha venido bien desahogarme contigo.

—No hay de qué, voy a ver si Augusto me puede explicar sus mediciones de campo magnético.

—De acuerdo, nos vemos para la comida.

Después de comer descansé un poco acostado en mi cuarto mientras pensaba en lo que me había dicho Silvia en el laboratorio. Se había derrumbado por completo y me había contado un hecho vergonzoso de su pasado. No era tanto el hecho en sí, el cual preferiría no haber imaginado con tantos detalles, sino el hecho de que esa fachada de mujer dura que transmitía Silvia se había rajado ante un episodio estresante, ¿podría aprovechar esa debilidad para obtener más información del profesor y su descubrimiento? Por un lado, agradecía que hubiera dejado la hostilidad hacia mí aparte, por otro, sospechaba que las emociones de Silvia estaban girando bruscamente y no deseaba lidiar con complicaciones sentimentales en un espacio tan estrecho. Además, estaba el hecho del deseo puramente físico. Era la única mujer allí dentro y eso hacía que conforme pasara el tiempo la fuera empezando a ver de otra forma, con más deseo…

Esa tarde acompañé a Marcus en sus experimentos, ya que el profesor estaba en la biblioteca redactando informes y no podía ayudarle en sus experimentos. Velbon estaba verificando el ciclo de histéresis de varios materiales magnéticos y comprobando los resultados antes y después de los reseteos.

—¿Qué marca el medidor de campo magnético

transversal?

—La lectura da 3.5 gauss —le dije a Marcus.

—Perfecto...

—¿Cuánto hace que trabajas para Augusto?

—Bueno, él se puso en contacto conmigo hace trece años cuando estaba acabando mi contrato postdoctoral en la Universidad de Montreal para que viniera al Instituto. Sin embargo, lo conocí por primera vez hará ya diecisiete años, cuando fue presidente de mi tribunal de tesis. Todavía no había ganado el Nobel, pero era ya una eminencia destacada en el campo de los ordenadores cuánticos y la teletransportación de átomos. Siguió mi carrera investigadora en el campo de los materiales magnéticos a temperaturas criogénicas y sabía que yo le podría ayudar a diseñar sus qubits cuánticos superconductores. De hecho, los materiales multicapas de cerámicas y semiconductores que yo diseñé para mi tesis han permitido a los superconductores basados en ellos alcanzar campos magnéticos de cientos de Teslas.

—¿Has investigado los superconductores a altas temperaturas?

—¿No decías que no sabías nada de ciencia?

—Realmente, no sé mucho, pero mi compañero de redacción, Pierre, viajó el mes pasado a Dinamarca a entrevistar al profesor Soranssen por el nuevo superconductor que había descubierto con una temperatura crítica de -50 ºC.

—Sigo las investigaciones de Soranssen, pero no es mi campo. Estos nuevos superconductores solo pueden producir campos magnéticos de décimas de Tesla y para corrientes eléctricas muy fuertes pierden las propiedades superconductoras. Tienen la ventaja de que funcionan a temperaturas no muy bajas, pero no tienen muchas aplicaciones prácticas, de momento.

—¿Qué piensas de cómo ha dirigido Augusto el Instituto?

—Francamente, estoy impresionado de como lo ha

gestionado y ha conseguido más fondos para investigar cuando en otras áreas se estaban recortando debido a la crisis.

—¿Tiene contactos en las altas esferas?

—¡Un montón! Y también muchos enemigos, el presidente del comité de Bioética que autorizó este experimento emitió un voto particular diciendo: "…si la soberbia y el egocentrismo del profesor Volert lo llevan a provocar una tragedia sobre sí mismo y sus ayudantes, quiero que quede constancia que yo siempre me opuse a este experimento antinatural cuyo previsible resultado será la obtención de cuatro cadáveres dentro de una esfera aislada…" Y no es el único…

—También ayudó bastante la construcción de un reactor de fusión rentable, ¿no es verdad?

—Sí, el ministro de ciencias del anterior gobierno se lo expuso así: "Ya has conseguido tus ordenadores cuánticos. Úsalos ahora para encontrar una nueva fuente de energía, una cura para el cáncer o la explicación del Big Bang. Solo así podré darte más fondos."

—Y siguió el consejo al pie de la letra —apunté—.

—En este caso Augusto conocía de cerca el problema de los plasmas de los tokamaks. Cuando era joven hizo un máster en Física del Plasma y una estancia en el ITER, antes de cambiar de tema de investigación y hacer otro máster en Computación Cuántica, que fue después la investigación que desarrolló en su tesis. Por tanto, se propuso modelar las inestabilidades de dichos plasmas y nuestros ordenadores nos permitieron obtener un nuevo diseño en la cámara y distribución de los campos magnéticos de los tokamaks.

—¿Tiene muchos rivales?

—Sí, Augusto se ha buscado un montón de enemigos. Gente financiada por la industria y las altas finanzas que no ven bien que solo el estado tenga el monopolio de esta investigación. Creo que se ha obstinado demasiado en evitar colaborar con las grandes empresas, cuando un proyecto mixto público-privado podría incorporar más fondos, necesarios para la investigación, y al mismo tiempo garantizar que el estado vigilase imparcialmente el correcto uso de la esfera de Boltzmann.

—¿Cuál es tu opinión?

—¿La quieres como periodista o compañero de experimento? Públicamente, mi opinión es la misma que la de Augusto. Solo buscamos fondos públicos.

—Sí, pero, ¿y tú opinión personal? Esta no será incluida en mi crónica.

—Bueno, también tengo amigos en el ministerio y estoy de acuerdo con ellos en que una empresa mixta, con capital público y privado podría conseguir resultados más rápidamente que el Instituto con fondos públicos.

—¿El profesor qué opina de esta posibilidad?

—Ha sido tanteado, pero se niega a dirigir o participar en tal empresa. Por tanto, están buscando a alguien que pueda estar al frente. Pero de momento es solo un proyecto de algunos altos cargos políticos…

Podría haber seguido preguntando a Marcus, porque estaba empezando a sospechar que era a él a quien después le habían ofrecido dirigir el nuevo ente que supervisaría la EB, pero íbamos a pasar más tiempo aquí dentro y quería que él mismo me lo acabase contando en vez de presionarle desde los primeros días, porque existía el peligro de que se cerrase en banda y no quisiera sacar más el tema. Aquí se tramaba algo y quería conocer con seguridad el terreno que estaba pisando.

Seguí trabajando con Marcus, dictándole medidas de campos magnéticos, haciendo microfotografías de superficies metálicas, anotando la velocidad de cristalización de varias sales y observando el experimento más sutil de todos: la coherencia y decoherencia de qubits de un pequeño ordenador cuántico independiente del ordenador de la esfera.

—Mira, este es el experimento más importante de todos, ¿la EB podrá volver a entrelazar qubits cuánticos que han sido desentrelazados? —preguntó retóricamente Marcus.

—Ya llevamos tres días aquí, ¿cuál es la respuesta?

—Sí y no. Parece que vuelve a entrelazarlos otra vez, pero no consigue hacer una copia exacta del microestado original, aunque sí muy parecida. Creemos que se cumple el principio de no-clonación cuántico —explicó Velbon.

—Y entonces... ¿Qué pasa con los átomos de nuestros cuerpos?

—Bueno... en general los átomos son reubicados en su posición original, pero muy posiblemente la función de onda de los electrones en sus orbitales no pueda ser replicada al cien por cien. Pero a efectos prácticos, no importa. Los materiales se mantienen inalterables incluso a escalas de nanómetros, como estoy comprobando y sospecho que también a escalas inferiores hasta llegar al tamaño atómico, aunque no lo puedo medir directamente.

—Eso es muy interesante... Si te parece bien, podrías escribirme un pequeño artículo divulgativo que adjuntaría a mi crónica para que nuestros lectores tuvieran una mejor comprensión del tema.

—Lo intentaré, suelo hacer introducciones generales a los trabajos que enviamos a las revistas científicas, aunque no sé cuánto podré simplificarlo.

—Haz lo que puedas, luego lo revisaré para ver si es o no muy avanzado para los lectores de *El Heraldo*. Muchas gracias por tu ayuda.

—Gracias a ti. Contigo ayudando, esta tarde hemos acabado una hora antes de lo previsto.

El profesor Volert salió de la biblioteca y empecé a escucharlo bajando las escaleras. Nosotros habíamos acabado también y en un rato Augusto y Marcus estarían en el gimnasio practicando de nuevo.

—¿Estás listo Marcus? —Preguntó el profesor llamando a la puerta.

—Estoy apagando el ordenador, en un minuto estoy listo.

—De acuerdo, te espero en el gimnasio. ¿Vienes a vernos, Janus? Después te podría enseñar algunas llaves.

—Quizás otro día. Hoy tengo ganas de cocinar y voy a preparar algo de cena —me excusé.

En general no se me daba mal cocinar. Aquella noche tenía previsto hacer cordero al horno con especias y vino. Daba igual los ingredientes que gastase. Al día siguiente todo volvía a estar en su sitio. Tampoco debíamos preocuparnos por hacer comidas demasiado calóricas, puesto que no íbamos a engordar nada durante los dos meses. Mientras el cordero se estaba asando en el horno, yo iba preparando una ensalada. En ese momento entró Silvia.

—Umm, ¡qué bien huele! ¿Qué estas cocinando?

—Cordero al horno con muchas especias y algo de vino blanco.

—No sabía que tenías esa faceta de cocinero, me daba la impresión de que eras el típico reportero que toma comida congelada cuando llega a casa por las noches.

—No soy así, suelo tomar ensaladas y fruta por las noches porque no tengo tiempo para cocinar, pero me gusta cuidarme.

—Voy a abrir una botella de vino, ¿te apetece una copa?

—De acuerdo, sírveme una, estoy acabando de preparar la ensalada.

Me sirvió un vino tinto, uno español, un Rioja que estaba delicioso.

—¡Fantástico! Augusto sabe cuidarse —exclamó Silvia— ¿Qué te parece el vino?

—Muy bueno. Suelo tomar una copa para comer y cuando cocino algo los fines de semana.

—A mí me gusta relajarme con una copa cuando llego a casa del Instituto todas las noches. A veces si tengo mucho estrés hasta dos, pero procuro no emborracharme, supongo que me entiendes, ¿no?

Ahora Silvia estaba mucho más relajada, me hablaba y me sonreía, me contaba que llevaba años trabajando muy duro, llegando tarde a casa por las noches, sin apenas vida social, salvo verse de vez en cuando con amigas de toda la vida y que hacía cinco años de su última relación estable con un hombre.

—¿A ti te espera alguien especial? —Preguntó Silvia.

—Nadie en concreto, mi última relación fue con una compañera de la carrera, pero lo dejamos hace un año. Veo de vez en cuando a una chica, amiga de una compañera de mi periódico que nos presentó, pero viaja mucho y no tenemos una relación seria. Solo compartimos ratos libres cuando ella está por la ciudad.

—¿No te sientes solo?

—De momento no, mi trabajo me llena y no tengo tiempo para ocuparme de una relación.

—Sin embargo, aquí el tiempo te va a sobrar…

En ese momento, saltó la alarma del horno haciendo que Silvia pegara un salto y se riera.

—Es el temporizador, voy a ver cómo está el cordero —le dije a Silvia sonriendo.

El cordero estaba en su punto. Lo saqué y Silvia me ayudó a preparar la mesa. En ese instante, entraron Marcus y Augusto después de haberse duchado en el gimnasio. Por suerte, hoy venían charlando sin marcas en la cara.

—¡Qué buena pinta tiene el cordero! —Dijo Marcus.

—Sí, a mí también me encanta, de vez en cuando lo prepara mi mujer envuelto en hojas de menta —comentó el profesor.

La cena fue cordial, seguimos bebiendo del vino que abrió Silvia y esa noche dormí mucho más relajado después de escribir mi relato del día.

CAPÍTULO VI

A la mañana siguiente me desperté e inconscientemente me toqué la cara como siempre hacía rutinariamente al levantarme. Entonces la aspereza de mi cara me animaba a afeitarme. Aquí, sin embargo, la suavidad de mi rostro me desconcertaba hasta que recordaba dónde estaba. En ese momento mi mente, por libre asociación de ideas, se preguntó qué costumbres echaría de menos Silvia y caí en la cuenta de algo obvio: ¿En qué momento del período menstrual se encontraría ella al entrar en la esfera? Mi curiosidad se avivó en ese instante. Sin embargo, no era una cosa que pudiese preguntarle fácilmente a Silvia. Tendría que esperar a que ella tuviera más confianza conmigo antes de preguntarle o sugerir la pregunta indirectamente. En este caso mi lógica me decía que posiblemente hubieran coordinado la fecha de inicio del experimento para que no se encontrase en una etapa "incómoda" del ciclo menstrual, pero solo era una conjetura. A continuación, me dirigí al cuarto de baño después de haber estado toda la noche sin ir.

—Buenos días, pasa, ya he terminado —me dijo Silvia al cruzarme con ella en la puerta del cuarto de baño.

—Buenos días, enseguida voy a desayunar.

—Yo también, tengo un hambre atroz pese al cordero de anoche. Desayuné temprano el primer día y esas horas se acumulan a las que llevo sin comer desde las 3:00.

Lo de las horas sin comer era cierto. Todas las mañanas me levantaba con mucha hambre, al igual que Silvia, por eso siempre desayunábamos tan abundantemente. Después de usar el retrete y tirar de la cadena mi curiosidad me hizo mirar disimuladamente en el pequeño cubo de basura del cuarto de baño. Me llevé una decepción: Estaba casi vacío y no había ninguna compresa usada. Al final tendría que enterarme de otro modo.

En la cocina ya estaban los tres: Silvia que acababa de llegar y Marcus y Augusto que habían terminado, pero que todavía estaban hablando sobre temas de políticas científicas.

—Te lo digo muy en serio: el nuevo ministro es un auténtico gilipollas. Nunca tuvo la visión científica de su predecesor y solo desea favorecer a sus amigos de la industria aeroespacial. Si me apoyó en lo del comité de bioética es porque espera comprar mi favor hacia un nuevo consorcio estatal, con participación de capital privado, que construiría nuevas esferas de Boltzmann —comentó enfadado Augusto.

—Bueno, tampoco hay que verlo así. Nuestros reactores de fusión están siendo desarrollados por otro consorcio mixto público-privado y no tuviste tantos reparos en dejar a otros su desarrollo —sugirió amablemente Marcus.

—Eso es distinto. Una vez obtenido el diseño óptimo lo que queda por hacer es sólo ingeniería básica. Además, los nuevos reactores generan energía muy barata sin apenas costes medioambientales. La EB, por el contrario, necesita mucha energía y la teletransportación y programación cuántica de su ordenador podría tener muchos usos militares. También, serviría para que muchos multimillonarios engañaran a la muerte y pudieran construir enormes imperios empresariales durante décadas o siglos, llevando a largo plazo a la instauración de una nueva oligarquía aristocrática que condujera a la muerte de la democracia —concluyó el profesor.

—No creo que la opinión pública permitiese un uso privado de la EB y espero que el gobierno solo autorizase aquellos experimentos con un interés científico —manifesté en ese momento.

—Janus, creo que estás siendo un poco ingenuo. Una vez que mis planos de la EB junto con su programación y algoritmos cuánticos dejen de ser un secreto y sean del dominio del ministerio, ¿cuánto tiempo crees que pasará hasta que llegue a manos privadas o gobiernos extranjeros? —me preguntó Augusto.

—Sí, pero este experimento depende de la autorización del ministro. No hemos necesitado fondos extras porque la electricidad la producimos nosotros, pero no creo que nos dejen construir un nuevo modelo más avanzado. Es más, es posible que denieguen la autorización a nuevos ensayos con este prototipo —puntualizó Marcus.

—Bien, pues en ese caso borraré la programación del ordenador de la esfera, destruiré mis planos y que tengan suerte en tratar de reproducir el funcionamiento de la EB —sentenció el profesor.

Marcus abrió la boca y empezaba a articular una objeción, pero en el último momento cambió de idea y se quedó en silencio. Yo empecé a prepararme el desayuno y me quedé a solas con Silvia, que estaba haciéndose más tostadas y ya iba por su segundo café. Marcus y el profesor Volert se dirigieron a sus respectivas tareas sin intercambiar ninguna opinión más sobre el tema del que estaban hablando.

—¿Qué opinas sobre lo que han hablado? —pregunté a Silvia.

—Bueno, tengo la misma opinión que Augusto, no solo porque trabaje para él, sino también porque creo que las implicaciones éticas de las tecnologías asociadas a la esfera de Boltzmann deben de estar controladas por organismos independientes.

—¿No crees que el ministerio de Ciencia sea independiente?

—No. Este ministro nuevo que ha entrado viene del sector industrial. Es un economista que se ha hecho rico participando en fusiones y adquisiciones de empresas de energía atómica. Si le proporcionamos la tecnología de la esfera, tarde o temprano se acabará filtrando a terceros y él incrementará su patrimonio en varios millones más.

—¿Y Marcus? ¿Qué opinas de él?

—No me hagas hablar… está claro que quiere avanzar más en su carrera profesional. Quizás disponer de su propio grupo de investigación, aquí o en otro centro. Pero si quieres mi opinión, —en ese momento Silvia bajó el tono de su voz—, posiblemente esté buscando dar un *coup d'État* contra Augusto y hacerse con el control del IEA.

—¿Quizás con algún apoyo dentro del ministerio o incluso del mismo ministro?

—Posiblemente…

—En fin, cuando salgamos del experimento supongo que veremos lo que pasa con el futuro de este prototipo. Cambiando de tema, ¿te apetece otra tostada? Me he vuelto muy glotona y preparo mucho más de lo que puedo comer.

—Sí, pásamela, aprovechemos que no podemos engordar…

—Janus… ¿el pelo te ha quedado exactamente igual, aunque te lo afeitaste por completo el segundo día?

—Sí, ¿por qué? ¿Vas a hacer algún cambio en tu aspecto?

—Quizás… ya lo verás mañana —Silvia sonrió coqueta al decirlo.

—Tengo otra pregunta para ti. Cuando me comentaste que los ratones estaban siempre en el mismo ciclo hormonal todos los días debido al reseteo… ¿esos niveles de hormonas también se resetean a nivel humano? —Dije con mi mejor cara de póker.

—Sí, por sup…

En ese momento, Silvia que había contestado de manera casual e inconsciente se dio cuenta de las segundas intenciones de mi pregunta y se quedó congelada sin acabar la frase. A continuación, se puso roja como un tomate y se empezó a reír.

—Janus, me has pillado… —Silvia dejó de reír y siguió contestándome— Bien, contestaré a la pregunta que realmente me quisiste decir y no a la trampa que me has puesto. Estoy en mi vigésimo día del ciclo, el cual es bastante regular durando casi siempre veintiocho días. Por tanto, mi nivel hormonal y mi ciclo se han quedado "congelados" en ese día hasta que salgamos del experimento. ¿Satisface eso tu curiosidad como periodista o solo tu curiosidad masculina?

—Ehh… Pues la dos —y en ese momento también me empecé a reír.

—Qué tonto… ja, ja, —siguió riéndose Silvia mientras hablaba— ¿de verdad pensabas que Augusto iba a planificarlo sin ser consciente de que yo podía estar en la fase de menstruación cuando empezara el experimento? Imagínatelo, sesenta días sangrando y cambiándome la compresa.

—Sí, la verdad es que sería bastante incómodo.

—O no, la verdad es que podría pasar de usar compresa, dejar que apareciera una mancha enorme en mis pantalones y ponerlo todo perdido con mi sangre. Total, daría igual. Al día siguiente estaría todo limpio otra vez.

—Es una imagen muy gráfica y bastante perturbadora —comenté, levemente asqueado.

—Tranquilo, he reservado mis días de menstruación para ir de vacaciones a una playa cerrada por tiburones.

En ese momento, estaba tragando un trozo de tostada y la broma de Silvia me hizo reír y atragantarme a la vez. Por suerte, ella me soltó un fuerte golpe en la espalda y me pude recuperar.

—Cof, cof, cof. ¿Me quieres matar con esta tostada que me has preparado?

—No haberte reído. Eso te pasa por hacerte el listillo conmigo —me siguió la broma Silvia.

—Bueno, voy a ver si veo a Augusto en la biblioteca. Creo que me tenía que dar una charla sobre teletransportación y ordenadores cuánticos.

—Sí, y yo vuelvo con mis ratones y sus ciclos hormonales. Si quieres tener otra charla de hormonas puedes ir a preguntarme directamente. No sé quién las tiene más revolucionadas, si mi pequeño ratoncito o tú.

A continuación Silvia me miró de una forma pícara. Si quería dar a entender segundas intenciones, creo que su mensaje me llegó bastante claro. Pero de momento me centraría en mis crónicas como periodista, porque si seguía el camino que Silvia me sugería podrían surgir complicaciones, al ser la EB un sitio pequeño donde no se podría ocultar nada a nadie.

—Luego nos vemos —dije.

—Hasta dentro de un rato.

Atravesé el pasillo para ir a la biblioteca. Allí estaba el profesor Volert trabajando en su escritorio.

—Augusto, ¿puedes darme ahora esa charla que me dijiste? No me importa venir en otro momento si estás ocupado.

—Pasa, pasa. Estoy aprovechando este tiempo dentro de la esfera para corregir borradores de tesis doctorales, revisar burocracia del instituto y rellenar papeles para solicitar un nuevo proyecto de investigación. Es un placer dejar esto por un rato. ¿Querías que te explicase algo más sobre la teletransportación?

—Sí, y también lo de los ordenadores cuánticos, para poder entender mejor lo que hace la esfera.

—Bien, debes de entender que la esfera de Boltzmann no hace teletransportación cuántica al viejo estilo. Es decir, las técnicas anteriores capturaban la información básica de la partícula subatómica, hamiltoniano, spin, fase, etc. y recreaba el mismo tipo de partícula con la misma información en otro punto del espacio. Sin embargo, aquí, la manipulación de la constante de Boltzmann permite aprovechar mejor otra propiedad probabilística de las partículas subatómicas y es que todas ellas tienen una probabilidad no nula de encontrarse en cualquier punto del universo, siempre que no violen ninguna ley de conservación. Por ejemplo: los electrones se representan como pequeñas esferas girando alrededor del núcleo. Esta imagen es clásica y no es correcta. Si la representación es más fiel, vemos un orbital atómico con forma difuminada, ya que representa una probabilidad, y con el aspecto de esfera, lóbulo, toroide, etc. donde la probabilidad de encontrar al electrón es mayor del 99%. Sin embargo, dicho electrón se puede encontrar en un instante muy pequeño, de forma aleatoria, en cualquier posición del universo.

—Entonces, me estás sugiriendo que la esfera de Boltzmann hace que las partículas aparezcan donde necesitemos que aparezcan.

—Exacto, en realidad el proceso es aleatorio en la naturaleza, pero con la modificación de esta constante, lo que hacemos, para decirlo de una forma comprensible, es cargar los dados en el número que queramos que aparezca, es decir, hacer trampa.

—Pero habrá alguna limitación a ello.

—Sí, no se puede violar la conservación de la energía, ni se puede reducir la entropía a un nivel inferior al inicial para los seres vivos. Para sustancias simples, como el agua, sí se puede reducir la entropía, como viste en el primer vídeo que te enseñamos. Es decir se conservan la primera y la segunda ley de la termodinámica dentro de esta esfera. Durante el día se va usando la energía eléctrica almacenada en los circuitos superconductores, que es devuelta a estos durante el reseteo. Eso significa que esta especie de demonio de Maxwell no puede disminuir la entropía, pero si igualarla al estado inicial mediante un número finito (aunque muy grande) de procesos cuánticos de reordenamiento de moléculas y átomos.

—Es ahí donde entra en juego el ordenador cuántico.

—Veo que te has puesto al día en Física, Janus.

—Sí, he aprovechado la base de datos de mi ordenador para cubrir mis lagunas científicas en este campo.

—La verdad es que nuestro ordenador es una maravilla de la ingeniería de materiales. Cada qubit es un material superconductor nanoestructurado, formado por decenas de átomos y rodeado de una matriz aislante, interconectada con cables conductores normales y elementos semiconductores de control, todo ello a escala nanométrica.

—¿Cuál es el número de qubits de la esfera?

—Aproximadamente de 6.28×10^{20} qubits.

—Impresionante.

—Sí, al poder hacer grandes cantidades de mallas bidimensionales con qubits que pueden ir desde los milímetros hasta centenares de metros cuadrados, sin perder precisión, es posible, a base de ir apilando capas, de obtener grandes cantidades de qubits.

—Entonces, ¿cuánta cantidad de información pueden almacenar estos qubits?

—Francamente, es un número muy grande, que depende del algoritmo que estén ejecutando en ese momento. Ten en cuenta que un qubit no se encuentra solo en un estado de 0 o 1, como un bit clásico, sino que puede estar en cualquier estado cuántico entre 0 o 1.

—¿Se podría usar para otras tareas?

—Honestamente, sí. Pero lo que te voy a contar no puedes escribirlo en ningún sitio.

—De acuerdo, siempre que no haya ningún conflicto ético.

—Es por la seguridad del IEA. Mira, si este ordenador se programase adecuadamente, podría desencriptar cualquier código actual, por muy difícil que fuese en un tiempo que iría desde milisegundos a varios segundos, dependiendo del nivel de encriptación. Cuentas bancarias, secretos militares, todo podría ser leído por este ordenador y por supuesto por quien lo manejase.

—¡Guau! ¿Es por eso que no quieres dejar este prototipo en otras manos?

—Por lo menos que fueran unas manos decentes y éticas, pero creo que eso es pedir demasiado…

—¿No podría nadie construir desde cero otro ordenador usando las láminas de qubits?

—La ciencia básica para construir los qubits es conocida por todo el mundo. El proceso de laminado ha sido desarrollado por el instituto y es secreto. Además, está la forma topológica que se ha dado a las láminas, para que se adapten mejor a la forma de una esfera y que potencien sus capacidades de procesado en paralelo. Por último, está su software y sistema operativo, desarrollados íntegramente en el IEA durante los últimos años.

—Es decir, habría que desarrollar desde casi cero toda una nueva técnica.

—Sí, y solo yo conozco todos los detalles. Los archivos están encriptados y los técnicos que han trabajado conmigo han hecho todo el desarrollo sin llevarse nada a casa y sin brechas de seguridad.

—Por lo que te necesitarían para construir nuevos prototipos.

—Así es, pero no lo haré a no ser que tenga el control absoluto, para evitar malos usos, y que sea un proyecto estrictamente público, sin interferencias del capital privado.

—Creo que visto así, es una tecnología que merece ser protegida. No te preocupes, esta última parte no la mencionaré para evitar que la EB caiga en malas manos.

Salí de la biblioteca, convencido de que sabía más sobre el tema que antes y con mis anotaciones en mi cuaderno, excepto la última parte de lo hablado que quedaba solo para mí. Me dirigí derecho a mi habitación a escribir un breve artículo en mi ordenador, sabiendo que si me esperaba al final del día se me olvidarían la mayoría de los nuevos conceptos que el profesor Volert me había explicado.

Debido a la apretada agenda de experimentos, rara vez solíamos comer todos juntos. Preferíamos la cena, cuando ya habíamos acabado todas nuestras tareas, para relajarnos y hablar de temas intrascendentes. Para comer estaba calentando una lata de lentejas en conserva, la misma que había calentado dos días atrás. Era curioso, tenía una abolladura en la parte superior cerca de la foto de unas apetitosas lentejas, la cual conservaba siempre porque el día del escaneo ya la tenía. Por tanto, día tras día aparecía en el mismo rincón del armario con su marca característica, independientemente de si me la había comido o no. En ese momento, apareció Marcus que también se disponía a comer algo.

—Hola, ¿estás libre esta tarde para ayudarme en cristalografía?

—Sí, por supuesto —contesté—. ¿Hay algo especial para hoy?

—Quiero probar un nuevo software que calcula la dimensión fractal de un cuasicristal a partir de una imagen microscópica de éste. Los cuasicristales luego son destruidos en un disolvente orgánico y mañana volveremos a medir de nuevo su dimensión fractal. ¿Qué te parece?

—Que no he comprendido nada desde "quiero probar un nuevo software".

—Tranquilo, te lo volveré a explicar luego más despacio.

—De acuerdo.

Marcus se preparó un bocadillo, comió rápido y se volvió al laboratorio, donde comenzó a preparar los ensayos para los test que íbamos a hacer luego juntos. Me comí mis lentejas mientras pensaba en qué ambiciones podría tener Marcus para el futuro. Cuando acabé, lavé mis cubiertos y mi plato, solo por tener una rutina, ya que sabía que era innecesario y tiré la lata a la basura. Mañana volvería a aparecer en el mismo estante y con el mismo contenido. Me dirigí al laboratorio de Marcus donde me estaba esperando.

—Ya estoy aquí ¿Cuál es el plan de trabajo?

—Bien, me tienes que ir pasando las muestras para que las vaya escaneando, cuando acabe te las vuelvo a dar y las tienes que ir poniendo en la placa de Petri correspondiente. Si te fijas, en el armario hay quince muestras en tres estantes, cinco por cada soporte. Debajo hay otros tres estantes con placas de Petri. Vamos a seguir un orden: empezaremos por la parte superior izquierda, seguiremos hacia la derecha y pasamos al estante de abajo y empezamos otra vez por la izquierda. Y con las placas de Petri seguimos el mismo orden. Si te fijas, es muy fácil, es seguir el orden lexicográfico.

—Ya veo, ¿con qué hay que disolver las muestras?

—Aquí tienes la disolución preparada, en este bote de plástico. Mañana aparecerán las muestras en los estantes superiores, aunque las hayas dejado dentro de las placas de Petri, que volverán a estar sin disolvente y secas.

—Parece fácil —comenté—.

En efecto, lo era. La parte difícil la tenía Marcus, que tendría que centrar las muestras usando marcas preestablecidas, para que cuando volviera a escanearlas mañana pudiera localizar fácilmente la misma posición en el cuasicristal.

—La verdad es que ya empiezo a estar harto de la paranoia de Augusto —me confesó Marcus—, creo que no alcanza a ver las implicaciones de esta investigación y cuanto se podría avanzar, pero bueno, él es el jefe aquí y tendremos que acatar su punto de vista.

—¿Y qué pasará cuando se acabe el experimento?

—Bueno, supongo que habrá una rueda de prensa, en la cual se intentará afianzar más el prestigio de Augusto en los medios. Una vez que haya conseguido la atención de la opinión pública, intentará echarle un pulso al ministro, y posiblemente lo gane. Por eso estás tú aquí, para ser un testigo imparcial de los hechos y ayudar a Augusto a retener el control del proyecto.

—La verdad es que los cuatro vamos a ser tan famosos como los primeros astronautas que caminaron sobre la Luna. Nunca antes nadie había hecho un experimento tan pionero en este siglo —remarqué—.

—Por supuesto, y es por eso que Augusto no se da cuenta realmente de la trascendencia de esta experiencia. Una vez que acabe esto, a los cuatro se nos recordará el resto de nuestras vidas por haber sido los primeros que combatieron al desorden y consiguieron un empate en la batalla contra la entropía, por primera vez en la historia.

—¿Y qué pasará con nosotros? —Pregunté—.

—Supongo que dependerá de cómo enfoquemos la fama momentánea que adquiramos. Augusto ya es una celebridad, a él apenas le afectará. Si Silvia es inteligente, intentará buscar dirigir un nuevo grupo de investigación, quizás en el IEA, aunque si yo fuera ella y con su currículo, intentaría que me creasen otro centro de investigación donde yo fuera el director. En tu caso, aprovecharía para ascender en tu periódico, o quizás, aceptar un cargo de mayor importancia en otro de la competencia. Además, escribiría libros, daría charlas y entrevistas de televisión. Intentaría colocarme lo mejor posible antes de que se acabe la novedad y nuestra presencia en los medios.

—Posiblemente tengas razón. Sabía que esto sería un impulso en mi carrera, pero nunca había pensado seriamente en cómo debería orientarla cuando saliese fuera. ¿Y tú? ¿Qué has pensado para ti?

—Bueno, el mismo consejo que he dado para Silvia, se aplica para mí. También tengo un excelente currículo y es mi oportunidad para establecerme de manera independiente. Pero hay que hacerlo pronto, la fama no dura para siempre. Las oportunidades que nos ofrecerán al principio, no serán tan buenas ni tan frecuentes en los años posteriores. Mira cualquier biografía de los primeros astronautas de la NASA y entenderás lo que te digo.

—¿Piensas que querrán construir otro prototipo a espaldas de Augusto?

—Posiblemente, pero si no tienen la información exacta de cómo se desarrolló y construyó este, les llevaría años replicar una esfera como esta. Una vez hecho, hacerla más grande no es mucho más difícil, la tecnología es escalabre, pero la calibración de los imanes superconductores para un volumen mayor requeriría de muchos estudios de comportamiento.

—¿Tu podrías reconstruirla?

—¿Yo? ¡Qué va! La parte de los escáneres superconductores y la fabricación de los qubits entra dentro de mi campo de estudio, pero no tengo ni idea de programar un ordenador cuántico, ni los conocimientos de Física Cuántica que tiene Silvia y en los cuales se basa la reordenación cuántica por teletransportación de átomos aquí dentro.

—Es decir, podrías fabricar una, pero no podrías programarla para hacerla funcionar.

—Sí, es una forma de decirlo.

—¿Y quién tiene todos los conocimientos? ¿Sólo Augusto?

—Sí, así es. Es tan desconfiado que tiene toda la información de la esfera solo en dos sitios. Uno es una caja de seguridad en un banco en Suiza, aunque no sé cuál. El otro es su propio ordenador del Instituto, el cual mandó trasladar aquí, a la sala de la biblioteca. Según sus propias palabras, no se sentía seguro de dejarlo dos meses fuera y que alguien pudiera copiar y, finalmente, desencriptar toda la información que contenía.

—¿Y los técnicos que desarrollaron toda esta tecnología?

—Augusto implementó un sistema como el de los militares que trabajan con armas atómicas. La prohibición de entrar o sacar ningún dispositivo electrónico de grabación de datos y acceso limitadísimo a las redes externas. Al final evitó cualquier fuga de información y obtuvo el monopolio total sobre la tecnología de la esfera de Boltzmann.

—¿Intentarías dirigir el proyecto de un nuevo prototipo?

—Es muy pronto para hablar de eso. Ofertas he tenido, pero también tengo ganas de dirigir mi carrera hacia otros nuevos retos —comentó Marcus con un cierto tono de indiferencia—.

Dejamos de hablar de este tema y continuamos centrados en nuestra tarea con las muestras de cuasicristales. Marcus parecía que se estaba abriendo, pero creo que tenía su propia estrategia. No negaba su interés por dirigir un proyecto similar, pero a la vez lo descartaba, lo cual significaba que, en efecto, quería dirigirlo y eso es lo que haría cuando saliese. También me estaba empezando a dar cuenta de la importancia que tendría yo como periodista cuando saliésemos de la esfera y creo que, tanto el profesor Volert como Marcus, intentaban convencerme de sus puntos de vista para tener un futuro aliado en sus propias maquinaciones. Pero, ¿cómo haría Marcus para dirigir un proyecto similar sin la información que tenía el profesor? Información que curiosamente también se encontraba aquí en la esfera, con nosotros. Si yo fuera Marcus ¿qué haría? La respuesta era evidente, pero eso no podía ser. Quizás tuviera que hablar con Silvia primero, pero no sé si podría confiar en ella tanto como para contarle mis temores.

La cena de aquella noche fue muy animada. Silvia había preparado bacalao con salsa marinera de almejas, mejillones y gambas. Aderezado con algo de perejil y vino blanco. El plato, pese a su sencillez estaba riquísimo y Marcus y Augusto, que habían estado practicando en el gimnasio, repitieron con ganas. Seguimos bebiendo vino y conversando durante un rato más después de la cena, contándonos anécdotas, siendo la más graciosa una vieja historia de Augusto.

—Esto fue hace muchos años... ¿os acordáis de Poulan? Sí, el que fue presidente por poco tiempo porque el parlamento lo destituyó con una moción de censura y se convocaron nuevas elecciones, y hasta su propio partido lo denunció... —empezó a rememorar Augusto.

—Ve directo a la historia, no te desvíes —apremió Marcus—.

—Pues resulta que estoy en el servicio de caballeros de un club de música nocturno, por entonces no conocía a mi mujer...

—Augusto, por favor, no te enrolles —pidió Silvia—.

—Poulan entra de repente con una mujer mucho más joven que él y su guardaespaldas. Éste atranca la puerta y se queda con una pistola vigilándola. Pues bien, Poulan iba tan borracho que apenas se sostenía en pie. Se arrimó tambaleándose al urinario vertical, y con mucho esfuerzo se desabrochó la bragueta, mientras su amiga lo esperaba retocándose el maquillaje en el espejo.

—¡Menudo sinvergüenza! —Dijo Marcus— ya recuerdo, le destituyeron porque se había echado una amante que pertenecía a los servicios de seguridad y espionaje de Arabia Saudí.

—¡Ese mismo! Pero no os creáis lo que me dijo su amiga. Me mira con cara descarada y sonriendo, me dice: "Tú eres más guapo, pero él dirige todo un país." Y va Poulan y dice de repente "Siiff, yo dirijooor los destinooos de esta graaan nassiiion."

En ese instante, todos nos empezamos a reír con la imitación del profesor.

—Pero eso no es todo, en ese momento, el guardaespaldas, pistola en mano y serio como una estatua, empezó a hacer gestos raros con la cara, hasta que no pudo más y se partió de la risa. "Coomoor, estoo es una insuboordinasssion, voy a destinarteee de chooffferrr de mi essposssaaa". Poulan se giró, con la mano y el dedo índice en alto empezó a amenazar a su guardaespaldas, pero se olvidó de que estaba meando y empezó a salpicar por todo el suelo. Salté a un lado para evitar que me diera a mí el chorro, aunque al final acabé con los pies mojados por el borracho de Poulan mientras el guardaespaldas y la amante se partían de risa. "Tuuu, no te ríaass" girándose al lado contrario, donde estaba su amiga, llenando el suelo de orina y manchándola también a ella.

En esa parte del relato, estábamos todos en la mesa que no podíamos parar de reírnos. Silvia, roja y con lágrimas en los ojos, estaba con una sonrisa de oreja a oreja, Marcus resoplaba de manera divertida y golpeaba la mesa con la palma de su mano y yo trataba de contener mis carcajadas para evitar que me siguieran doliendo las mandíbulas.

—En ese momento acabé de orinar —siguió el profesor—. Estaba mojado por Poulan, me había mojado yo mismo también al saltar para evitar su chorro y quería salir de esa esperpéntica situación. Al final el guardaespaldas se serenó lo suficiente para abrirme la puerta, después de lavarme las manos, y allí lo dejé con sus discursos de borracho. La verdad es que me alegro que durara poco en el cargo. Era patético, borracho, mujeriego, corrupto y mal presidente, aunque desde aquella noche siempre que me acuerdo de él, siempre me viene a la memoria esta historia y no puedo evitar el reírme.

El profesor Volert se retiró de la mesa para ir a dormir, después de prometernos que nos contaría otro día más anécdotas graciosas, incluida una sobre la reina de Suecia y lo que le dijo tras ganar el Nobel. Marcus le siguió porque estaba igual de cansado, después de trabajar todo el día y entrenar en el gimnasio con el profesor, finalmente, nos quedamos Silvia y yo acabando de recoger la mesa y los platos.

—¿Por qué lo hacemos? —Me preguntó Silvia—. Aunque los dejásemos así mañana aparecerían limpios y ordenados en sus armarios.

—Supongo que es por toda una vida de rutina, y no

estamos acostumbrados a dejar las cosas tiradas por ahí en medio.

—Bueno, me tendrías que ver cuando estudiaba Física. Entonces se me pegaron las costumbres de mi compañera de piso, la artista, y digamos que en esa época mi tolerancia por la suciedad aumentó. Fui un día a casa de un novio que me eché entonces y todo estaba limpio, los platos en su sitio y no había ni polvo ni manchas. Él había venido muchas veces a mi piso y sentí una gran vergüenza al darme cuenta de que estaba viviendo en una pocilga. Pero él nunca se quejó y yo no enmendé…

—Al final cambiaste.

—Sí, cuando empecé a trabajar como investigadora y tenía dinero suficiente como para vivir sola por mi cuenta, me propuse tener autodisciplina y mantener mi casa arreglada. También comencé a hacer deporte, ir al gimnasio y comer sano.

—La verdad es que siempre he procurado tener un cierto grado de limpieza allá donde he vivido, pero tengo que reconocer que esto es antinatural. Parece un cuento de hadas donde los duendes hacen por la noche la tarea y por la mañana está todo ordenado y en su sitio.

—¿Un cuento de hadas? ¿Y yo soy la bruja buena o la mala?

—Más bien pareces el hada torpe que se lía con la magia.

—¡Tonto! —Se rio Silvia, pegándome un suave puñetazo de camaradería.

—¡Au! —Me quejé de broma.

—Vamos a acabar esta botella de vino y brindar por nosotros.

—Lléname la copa.

Silvia llenó de nuevo las dos copas, aunque quedaba todavía vino en la botella, porque era la tercera que habíamos abierto durante la cena y estaba apenas empezada.

—¡Salud! —Dijimos los dos al unísono.

La verdad es que nos bebimos pronto esa copa y nos volvimos a echar otra, chocando de nuevo las copas. Silvia me miró, intensamente en ese último brindis y yo le mantuve la mirada.

—Pásame otra vez que te relleno —se ofreció de nuevo Silvia—.

—La verdad es que el profesor ha clavado la imitación de Poulan. Yo apenas me acuerdo de él, porque era un niño muy pequeño cuando saltó todo el escándalo.

—Y yo era una preadolescente, que llenaba sus cuadernos con corazoncitos.

—¡Pobre guardaespaldas! Cuidar de semejante tipejo, ¡qué trabajo! ¿Sabes? estuve viendo la semana pasada una muestra de comedias clásicas del siglo veinte y la situación me recordó a una película que vi, *La vida de Brian*. Había una escena donde Poncio Pilatos dice algo muy gracioso y los centuriones tratan de no reírse. Pero al final no pueden aguantar la risa y todos los soldados se tiran por el suelo a carcajada limpia.

—¡Es verdad! Yo también la vi, tenía un amigo con un nombre gracioso, Pijus Magníficus, ¿te acuerdas, verdad?

—¡Sí!

—"¿Te parece risible el nombre de mi amigo?" —Dijo Silvia imitando la actuación de Pilatos.

—¡Ja, ja, ja! Lo haces muy bien.

—Gracias, por nosotros —dijo Silvia mientras chocaba otra vez las copas y me miraba intensamente de nuevo—.

Sabía que tenía que hacer algo y aproveché el momento que ella fue a coger mi copa para rellenarla y se inclinó sobre mí. Le toqué su cara con mi mano, la volví hacía mí y la besé. En ese instante, Silvia soltó mi copa, que acabó tumbada sobre la mesa rodando, y se abalanzó sobre mí devolviéndome el beso de forma rápida e intensa. Se levantó de su silla sentándose sobre mí y, en esa postura, con su cabeza a más altura que la mía, seguimos besándonos apasionadamente. Paramos un momento y nos miramos.

—Janus, creo que no ha sido buena idea.

—Todo lo contrario, tú lo deseabas y yo también lo deseaba.

—Sí, pero esto es muy pequeño. No podemos ir más lejos, ¿lo entiendes? Debemos de comportarnos de manera profesional y yo he bebido mucho esta noche.

—Los dos hemos bebido vino, no solo tú.

—Ya, pero...

Se levantó en ese momento y se dirigió hacia la puerta.

—Buenas noches, Janus —se volvió un momento para decírmelo antes de salir por la puerta.

—Buenas noches —dije cuando ella ya había salido de la cocina—.

En ese instante, no sabía qué hacer. Mi prudencia me decía que acabara de recoger la cocina, me fuera a la habitación y tratara de no entrar en una relación que podría arruinar mi estancia dentro de la esfera. Otra voz, en cambio, me decía que fuera corriendo a su habitación y la abrazase. Y una tercera voz dentro de mi cabeza me dijo: "Ella es la que ha provocado esto ¿no?, pues que sea ella la que acuda a ti. Ignórala." Curiosamente desde que escucho esta voz cínica en mi cabeza, he tenido más éxito con las mujeres ignorándolas, que tratando de ir detrás de ellas, como cuando era un adolescente y trataba de ligar con las chicas. Así que recogí los platos, me tranquilicé y me fui a la cama a dormir. No necesitaba hacer la crónica, porque la había hecho por la tarde, pero es que aunque hubiera querido, no hubiese podido, porque estaba demasiado bebido y alterado para concentrarme.

CAPÍTULO VII

A la mañana siguiente, me levanté con un pequeño dolor de cabeza, síntoma de que mi cuerpo había sido reseteado, pero mis neuronas no. Intentaba no pensar en Silvia y en lo que pasó anoche. Sabía que había una historia detrás de Marcus, pero tenía que centrarme en conseguir que Silvia fuera mi aliada, no mi amante, que era el camino que parecían estar tomando los acontecimientos. Después de asearme fui a la cocina a tomar un café para despejarme, junto con una aspirina, y me percaté de que el profesor Volert y Marcus ya habían desayunado y estaban haciendo sus experimentos. Mientras me tomaba el café, me di cuenta de que el mantel, que se manchó de vino la noche anterior, hoy estaba completamente blanco, como recién salido de la lavadora. Creo que nunca me acostumbraré a la magia de la EB y su ordenado modo de volver a colocarlo todo en su sitio, excepto, quizás, el alma humana. En ese momento apareció Silvia por la puerta.

—Buenos días —me saludó sonriente.

Me quedé callado por la sorpresa de verla tan espectacularmente cambiada. Había pasado de tener un pelo moreno largo y rizado a un peinado mucho más corto, juvenil y en un tono rojo intenso. Los bucles de sus cortos rizos le daban un ligero aire de diablesa, como si fuera un hada pícara y juguetona.

—Te has quedado con la boca abierta, Janus, ¿te gusta mi nuevo *look*?

—Ehh… claro… es que no sé, te encuentro tan cambiada.

—¿Para bien o para mal?

—Supongo que para bien.

—¿Supones? ¡Qué tonto eres! —dijo riéndose.

—La verdad es que me queda bien. La pena es que después de todo el esfuerzo y tiempo que he dedicado esta mañana a cortarme el pelo y teñirme yo misma, mañana por la mañana, mejor dicho esta madrugada a las 3:00, volveré a tener mi pelo de siempre.

—La ventaja es que podrás probar varios estilos antes de decidirte por uno que quieras llevar fuera.

—Ya lo había pensado, me he traído tintes de todos los colores, incluso verde, ja, ja.

—¿Sospechabas que esto podía pasar?

—Sabía que teóricamente era una posibilidad, pero no me atreví hasta que te vi con la cabeza afeitada un día y recuperando tu pelo de antes al siguiente.

—Es curioso, te da un aire más juvenil.

—Gracias, tengo que tomar unos datos ahora de unas muestras y necesito que alguien me ayude mientras apunto los resultados en el ordenador, ¿puedes venir conmigo?

—Sí, espera que tengo que preguntarle a Marcus para cuando necesita mi ayuda.

—De acuerdo.

Salí de la cocina y bajé al laboratorio de Marcus para preguntarle para cuando necesitaba mi ayuda con los cuasicristales.

—Bueno, tengo previsto volver a calcular su fractalidad, después de comer, más o menos sobre la misma hora que ayer. A las 14:00 ¿estás ocupado? —me contestó Marcus.

—Me parece perfecto. Hasta luego.

—Hasta luego.

Volví a la cocina, pero Silvia ya no estaba, así que otra vez tuve que bajar las escaleras para ver si estaba en su laboratorio. Cuando entré todavía no había llegado, pero decidí no moverme más y esperarla allí. No tardó mucho en llegar, posiblemente se había pasado antes por su habitación o por el cuarto de baño.

—Finalmente, ¿me puedes ayudar?

—Sí, he quedado con Marcus por la tarde.

—De acuerdo, ponte bata y mascarilla y me vas dando estos cultivos de bacterias. Tiene un número, léemelo, una vez que acabe de mirarlos con el microscopio, introdúcelos en el esterilizador. Cuando esté lleno, le daremos un ciclo completo de desinfección.

—¿Cuál es el esterilizador?

—Aquella bandeja que asoma de eso que parece un microondas empotrado en el armario de tu derecha.

—De acuerdo.

Francamente, aquel fue un trabajo un poco rutinario, repetitivo y aburrido. Cuando acababa de darle la placa a Silvia tenía que mirar al techo, a los instrumentos, a los animales en sus jaulas o a Silvia inclinada mirando a través del microscopio. La verdad es que el pelo le quedaba muy bien con ese peinado y color.

—Te puedo preguntar algo —la interrumpí.

—Sí es sobre lo que pasó anoche…

—No, no es eso, es otra cosa completamente distinta.

—Bien, dime.

—Bueno, ¿Cuál es tu opinión sobre Marcus?

—¿A qué te refieres?

—¿Te parece ambicioso?

—Supongo que sí, yo también lo soy. No me voy a quedar siempre bajo la batuta de Augusto. Creo que ya me merezco dirigir mi propio grupo y es algo que intentaré hacer cuando salga de aquí.

—Supongo que esa es la opinión de Marcus, pero, ¿qué

estaría dispuesto a hacer Marcus para avanzar en su carrera?

—¿Te refieres a traicionar a Augusto?

—Más que traicionar, directamente robar.

—¿A qué te refieres?

—¿Sabías que la única copia de toda la información relativa a la esfera se la ha traído aquí Augusto, en su ordenador?

—Supongo, últimamente estaba muy paranoico con ese aspecto. Mandó instalar cerraduras adicionales y cámaras de seguridad en su despacho. Además, su ordenador es un modelo militar con encriptación redundante. Es el mismo ordenador con el que está trabajando ahora en la biblioteca.

—Es decir, si alguien necesitase acceder a toda la información, que mejor momento que ahora, que estamos aislados aquí dentro.

—Bueno, te tengo que confesar que yo también empecé a sospechar de Marcus desde hace algunos meses.

—¿Sí? ¿Por qué?

—No sé, pequeños detalles. Pequeñas discrepancias con Augusto. Reuniones en su despacho con amigos suyos del ministerio. Y una vez estaba reunido en un restaurante muy elegante, al que fui con una amiga mía y fingió no verme. Estaba reunido con el ministro de ciencias en persona, con el actual, con quien Augusto no se lleva bien.

—Interesante...

—Janus, ¿puedo confiar en ti? No deseo que Marcus se entere y no estoy segura de decírselo al profesor.

—Tranquila, puedes confiar en mí.

—De momento no tenemos certezas, solo sospechas, tenemos que encontrar alguna prueba.

—Quiero preguntarte algo. Si el ordenador de Augusto está encriptado, ¿cómo podría Marcus robar la información?

—Bueno, uno de los técnicos informáticos fabricó algo llamado "el taladro". Es una versión portátil, en un dispositivo USB, de un ordenador cuántico capaz de descifrar cualquier encriptación comercial. Posiblemente, con un ordenador con encriptado militar tarde más, pero las simulaciones muestran que acabaría accediendo a él en un tiempo razonable.

—Pero Augusto trabaja con el ordenador durante el día…

—Por tanto, lo intentará por la noche —concluyó Silvia.

—Sí, pero esto son especulaciones, no tenemos ninguna prueba.

—Habría que vigilarlo, pero si nos quedamos despiertos por la noche, al día siguiente estaremos muy cansados, no podremos trabajar bien y quizás lo note. Él solo necesita estar despierto el rato que necesite para ir a la biblioteca a instalar el taladro. Aunque si todo esto son imaginaciones nuestras, haremos el tonto quedándonos sin dormir por las noches.

—Déjame pensarlo.

Seguí ayudando a Silvia con su tarea. El tener la mente enfocada en tratar de descubrir un posible plan oculto de Marcus me ayudó a no pensar tanto en ella. Por la tarde fui a ayudar a Marcus, pero empezó a hablarme de temas de artes marciales y de cómo aprendió nuevos estilos cuando trabajó un tiempo en un centro de investigación de Hong Kong. Se tiró toda la tarde contándome su vida en aquella ciudad y como se echó una novia china allí, acabando la relación de manera traumática y conflictiva. Al hilo de esa historia aprovechó para darme unos cuantos consejos sobre las mujeres. Unos cuantos, de sentido común, ya los había deducido yo en mi vida, y otros se los había escuchado a Antoine, quien sabía más de mujeres que el pretencioso de Marcus, cuya única virtud para ligar era tener una cara de galán de cine y cierta labia hablando. Fue una tarde totalmente perdida, que no me permitió averiguar más de las ambiciones de Marcus. Pensaba que cambiaría de tema y podría sonsacarle algo, pero no hubo manera.

La cena fue más tranquila que la de la noche anterior. El profesor Volert habló un poco de política, pero al no haber bebido tanto no se arrancó a contar nuevas anécdotas graciosas. Antes de acostarme, escribí mi crónica y tracé un plan para seguir a Marcus por las noches.

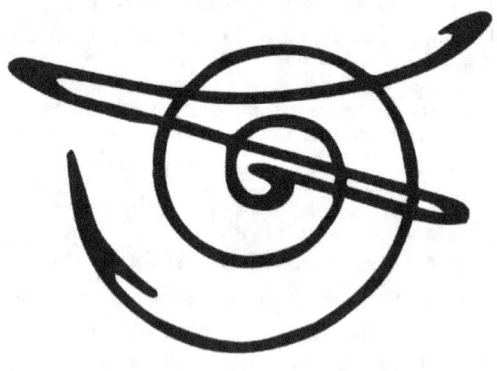

CAPÍTULO VIII

Durante la semana siguiente, estuve apostado en mi puerta esperando que se abriera la de Marcus y que fuera a la biblioteca. Nada de eso pasó. Como no podía estar toda la noche sin dormir, pensé que Marcus posiblemente fuera a la biblioteca antes de las 3:00. Si movía o cambiaba algo de sitio, la esfera lo recolocaría en su sitio y el profesor Volert no se daría cuenta de ello a la mañana siguiente. La única excepción a esa norma eran nuestros cuerpos, las ropas que llevásemos puestas y las colocadas en nuestras habitaciones. La esfera ordenaba nuestros cuerpos y nuestras pertenencias en las habitaciones, en el mismo lugar donde estaban a las 2:59.

Como consecuencia de esta vigilancia, fui consciente del reseteo en varias ocasiones. No era una experiencia traumática, pero si desorientadora. Sentías un extraño mareo y un cosquilleo que se extendía por todo el cuerpo. Si había cenado mucho, me sentía pesado y en pocos segundos volvía a sentirme ligero, con el estómago casi vacío. Los papeles, rotos en muchos trozos y escritos con bolígrafo, se volvían a recomponer y a decolorar mágicamente ante mis ojos.

La noche anterior, llegué a sentir verdadero insomnio,

así que me fui a la biblioteca sin hacer ruido y me senté allí. Fingiría que había cogido un libro para leer y que me había quedado dormido. Finalmente, me dormí y me descubrió a la mañana siguiente el profesor Volert con el libro en mi regazo y roncando en un sillón.

—Janus, ¿te encuentras bien? ¿Qué haces aquí dormido?

—Lo siento, tenía insomnio y me puse a leer, me he debido de quedar dormido.

—¿No te tomas la pastilla para dormirte?

—No, me produce ardores, pero creo que sin ella me cuesta más conciliar el sueño.

—Bueno, tenemos algo más fuerte en el botiquín de la esfera, pero no creo que debas recurrir a ello. Pienso que con infusiones relajantes, podrías conciliar mejor el sueño. Luego te digo donde están.

—Gracias.

Me fui a mi cuarto y ahí continué durmiendo. Estuve durmiendo un buen rato hasta que algo me sorprendió. Sentí un peso en los pies de mi cama y me asusté. Me desperté y me incorporé rápidamente.

—¿Qué pasa aquí? Dije intentando enfocar mis ojos dormidos.

—Levanta dormilón —me apremió Silvia— ¿no te acuerdas que día es hoy?

Me sentí un poco confuso durante un rato. Silvia, después de recuperar su pelo natural, se había vuelto a teñir el pelo de rubia y se lo había alisado.

—La verdad es que no me acuerdo…

—Hoy tenías que ayudarme en el laboratorio a hacer algo muy importante que no puedo hacer yo sola.

—Algo recuerdo, creo que me pediste que te ayudara a sacrificar a tu cobaya.

—Sí, el experimento "Inmortalidad" y me da mucha pena tener que hacerlo yo sola.

—Pero si sabes que mañana volverá a estar vivo, como

las plantas y las bacterias que has matado estos días. Además, ¿por qué sacrificas al macho?

—Te lo dije: hice un sorteo…

—Sí, claro, los hombres siempre somos prescindibles, como yo anoche. Me quedé dormido como un tonto esperando a nuestro espía. Tampoco apareció, mientras tú dormías plácida en tu cama.

—Vale, no hace falta que me ayudes, lo haré yo sola…

Se giró rápido y se fue corriendo por la puerta.

—Espera… ¡bah! No me hagas caso —le dije a la habitación vacía.

Durante esta semana tampoco había habido ninguna novedad en mi relación con Silvia. Seguía siendo cordial, pero no llegó a haber ningún otro momento de intimidad en el que pudiera intercambiar besos o abrazos con ella. Tampoco volvimos a hablar del tema, pero este seguía ahí, sin solución, y sabía que tarde o temprano sucedería algo. Después de tomarme un café para despejarme, aparecí en el laboratorio de Silvia. El ratón seguía vivo y coleando, y ella me miró con calculada indiferencia.

—Bien, ¿cómo lo sacrificamos?

—No hace falta que lo hagas, si no quieres —me dijo con frialdad.

—Deseo ayudarte, pero esta ha sido la última noche que espío a Marcus. Si quiere robarle a Augusto el secreto de la esfera y de su receta de codillo de cerdo al horno, por mí que se los quede todos.

—A mí también me gustaría saber cómo cocina Augusto el codillo…

Se me escapó una sonrisa con el chiste de Silvia. Tenía un cierto sentido del humor: juvenil, fresco y descarado que me descolocaba muchas veces. Yo era más serio para la edad que tenía, mientras que ella era toda espontaneidad. También tenía unos cambios de humor muy bruscos, casi de adolescente, pero era parte de su encanto.

—Tienes que cogerlo, hacerle un pliegue en la piel de su pequeño lomo e inyectarle este sedante. Se irá durmiendo hasta que no sea capaz de respirar por sí mismo y muera. No debería darse cuenta de nada.

Hice como dijo. Una vez que me di cuenta de que había fallecido se lo comuniqué y me dijo:

—Déjalo sobre esta mesa, voy a proceder a diseccionarlo.

—¿No te daba pena?

—Matarlo sí. Esto es abrir un cuerpo muerto.

—¿Y qué esperas encontrar? Era un ratoncito sano, que hoy no podrá visitar a su ratoncita para jugar con ella.

—Por suerte, así ella podrá descansar un día. Ahora en serio: Le he estado inyectando todos estos días una sustancia teratógena. Dicho fármaco provoca tumores muy importantes y rápidos en el cerebro de otros ratones. Al no resetearse las neuronas, ha debido de empezar a desarrollar microtumores.

—Pero, ¿mañana no los volverá a desarrollar? si la esfera lo reconstruye al nivel neuronal de hoy.

—Debido a que voy a hacer trocitos su cerebro para analizarlo y mirarlo en el microscopio, la EB buscará dentro de su memoria el archivo del ratón y lo reconstruirá desde cero con el mismo nivel de detalle del primer día, cuando estaba sano. Eso es lo que en teoría debe suceder.

—Ya comprendo.

Silvia estuvo un buen rato analizando el cuerpo y la cabeza del ratón. Al final, halló lo que buscaba.

—¡Mira! Ven aquí y observa.

Me acerqué al ocular del microscopio y miré por este.

—¿Ves esos sacos de color púrpura?

—Sí, los veo arriba a la izquierda.

—Correcto, son microtumores que estaba desarrollando el tejido cerebral. El resto del cuerpo está sano, completamente libre de tumores, pese a que todos los días le inyectaba el teratógeno.

—¿Qué vas a hacer con él?

—Podría dejarlo, así desmembrado, pero tenemos un pequeño incinerador de muestras para laboratorio. Voy a hacer que la esfera trabaje a fondo esta noche.

—Bien, voy a recoger sus miembros dispersos y te ayudo a incinerarlo.

Silvia introdujo al ratón, sus muestras y algunas gasas manchadas de sangre en el incinerador y lo activó. Las llamas se veían por una ventana de cuarzo, que iluminó el rostro de Silvia. En ese momento, pronunció unas palabras que le dieron un aire de antigua sacerdotisa:

—Renace de tus cenizas cual ave fénix. Has ido a conocer la muerte y volverás de ella como ninguno de tu especie lo ha hecho antes.

—Muy bonito, ¿lo habías preparado antes?

—¿No has leído nunca *El reino Miljanir y la orden de las elfas*?

—Alguna vez he visto películas de esa saga en la televisión cuando era niño.

—¡Cómo pasa el tiempo!… En fin, la protagonista, una elfa llamada Ronja, pronuncia estas palabras cuando tiene que quemar a su unicornio, que le había defendido en una batalla contra el ejército orco y había muerto por las heridas. Al pronunciar dicho conjuro, sabía que había desatado una magia poderosa y si Ronja no era capaz de cumplir su promesa, ella misma pagaría con su vida el atrevimiento de querer resucitar a su unicornio. En el siguiente volumen de la saga, Ronja se interna en el limbo donde habitan los seres mágicos muertos con honor. Finalmente, vuelve con su unicornio, después de ganar el derecho de traerse a un único ser en una lucha contra los vigilantes del portal.

—Sin embargo —continué explicando el argumento— tuvo que dejar atrás a su hermano, que también estaba en el limbo y había cuidado de su unicornio allí. Su hermano, al principio de la historia, la había traicionado, pero luego le salvó la vida en la batalla contra los dragones malvados de Eranil. En esa batalla, él murió, pero al hacerlo con honor su traición quedó perdonada y pudo entrar en el limbo.

—¡Sí! ¿No me dijiste que no habías leído la saga?

—Así es, pero recuerdo esta escena de cuando vi la película. Mi propia hermana tenía una figura articulada de Ronja. Hubo un montón de *merchandising*, muñecos, videojuegos, etc.

—Yo era una adolescente cuando me hice fan de la saga, llegando a disfrazarme de Ronja en Halloween.

—¡No me digas! Me cuesta imaginarte, ¿y las orejas de elfa?

—El disfraz era completo, con prótesis de oreja, capa, cota de malla y escudo y daga mágica. Me convertí en una auténtica elfa.

—Son tremendas las locuras que hacemos de jóvenes.

—Sí, aunque para mí aquellos tiempos son más lejanos…

En lo que quedaba del día, aproveché para hacerle una pequeña entrevista a Augusto sobre lo que opinaba de la crisis energética que pronto se acabaría. Aparte de las típicas cosas que dicen hoy en día todos los políticos acerca de centrales de fusión nuclear, coches eléctricos, plásticos biogenerados y biodegradables, se extendió en dar una explicación económico-ingenieril del inicio de la crisis recurriendo a la explicación del *plateau-oil* como paradigma del agotamiento de los combustibles fósiles, en vez del clásico *peak-oil*, ya desfasado. Llenó la pizarra de la biblioteca de diagramas, gráficas y ecuaciones.

Después estuve en el gimnasio, haciendo un poco de ejercicio físico, algo de bicicleta estática y pesas. Luego llegaron el profesor Volert y Marcus a entrenar. Aunque físicamente no habían adquirido nueva masa muscular, sus neuronas habían recuperado sus reflejos para el combate y eso se veía en los movimientos que hacían, en sus ataques y defensas. Marcus era rápido y atacaba constantemente. El estilo de Augusto consistía en una buena defensa seguida de un rápido contraataque. Se les veía sueltos, sin refrenarse, puesto que las heridas se curaban al día siguiente, pero tampoco tenían la agresividad del primer día. Eran pura energía focalizada en un objetivo: ganar al adversario con total precisión y concentración.

Aquella noche, me tomé la pastilla después de la cena y dormí sin preocuparme de tener que vigilar a Marcus. Dormí toda la noche y me desperté temprano a la mañana siguiente. Al levantarme, aproveché para repasar de nuevo la biografía pública de mis tres compañeros, que tenía almacenada en mi base de datos. Había un dato que no recordaba de Silvia: había estado casada brevemente hacía nueve años. Era curioso, no había obtenido ningún nuevo avance con Silvia estos días, pero sentí una punzada de algo parecido a los celos. Cambié a la biografía de Marcus, casado actualmente con Marguerite Velbon, siendo Cedard su apellido de soltera. ¿Por qué me sonaba este apellido? Hice una nueva búsqueda, el resultado obtenido esta vez: Michael Cedard, dueño del GoldTrust & Investment. Qué interesante. Con tres hijos: Phillipe, Jean y Marguerite. ¡Bingo! A su vez GT&I es accionista mayoritario del Consorcio Atómico del Noroeste, que financió parte de la campaña del actual presidente y su posible sucesor, el ministro de Ciencias, Paul Canaud. Por desgracia, no puedo obtener más datos desconectado de Internet y me tengo que conformar con lo que está grabado aquí dentro de la esfera. Pero he encontrado la relación entre Marcus y Canoud, el ministro de Ciencias. Si no hubiera estado tan cansado por no dormir estos días de atrás, ya lo sabría, porque la búsqueda que he hecho es tan trivial que hasta un niño de diez años hubiera encontrado el nexo entre ambos.

Antes de desayunar tenía que pasarme por el laboratorio de biología. Mi curiosidad por saber el destino del pequeño ratón era enorme y quería resolverla. Silvia ya estaba allí. Estaba mirando la jaula, totalmente absorta en los movimientos del ser que la habitaba, una copia totalmente idéntica hasta la última mancha de su pelaje del ratoncito que sacrifiqué ayer.

—¡No me lo puedo creer! —Exclamé.

—¿A que es increíble? No es un unicornio, pero lo he traído desde la muerte, como Ronja.

—Supongo que la memoria de la EB se puede considerar el limbo de esta historia. Nuestras copias duermen allí, hasta que la esfera las activa y las coloca aquí todos los días a las 3:00.

—Es una imagen muy bonita, es como una forma de inmortalidad.

—¿Y sus recuerdos de estos días? —pregunté—.

—Se han perdido, la esfera solo tiene grabado su cerebro tal y como estaba el primer día.

—¿Por qué no se hace un escaneo dentro de la esfera todos los días, como la primera vez?

—Bueno, consume algo más de energía, pero no mucha más. Aproximadamente un 5% del consumo diario. Quizás, se desechó la idea para ahorrar algo de energía.

—Si el escaneo se hiciera justo después del reseteo, sería como el escaneo del primer día, pero salvando los recuerdos de los días anteriores. Por los menos para los animales y nosotros.

—¡Es una buena idea! Vamos a decírselo a Augusto —sugirió Silvia.

Augusto ya estaba en la cocina desayunando, que era lo que íbamos a hacer también nosotros y le explicamos lo del ratón y de actualizar el reseteo.

—Ya contemplé esa opción —contestó el profesor.

—¿Y entonces, por qué no la implementaste en la programación? —Preguntó Silvia.

—Bueno, hay un problema. No se pueden reescribir los qubits de memoria, es decir, borrarlos para volver a escribir sobre ellos, y a la vez tener un ciclo isoentrópico de 24 horas en la esfera. El objetivo de este experimento no era solo ordenar diariamente todo lo que hay dentro de ella, sino hacerlo también de una manera isoentrópica, eso era el principal desafío. Sin embargo…

—¿Sin embargo? —preguntamos Silvia y yo.

—Sin embargo, hay muchísimos qubits y no hace falta borrar nada si podemos escribir sobre qubits no usados antes. La estimación de uso que hicieron los programadores cuánticos al principio era un poco alta. A lo mejor queda suficiente memoria como para permitir un escaneo diario, por lo menos en lo que queda de mes. Para el siguiente, como se resetearán también nuestros cerebros solo hace falta tener el escaneo del último día de este mes, que por cierto, ya estaba planeado originalmente de todas formas.

—Sí, ya recuerdo —comentó Silvia—. Estaba el escaneo del principio y el de la mitad del experimento. No había caído en el tema del borrado de memoria, pensaba que era porque requería un 5% más de energía.

—Podemos permitirnos la energía, hay de sobra almacenada en los circuitos superconductores. No quería que el experimento fracasase por no tener suficiente electricidad.

—Entonces, ¿vas a reprogramar la esfera? —pregunté.

—Sí. No afecta en nada a los experimentos y así tenemos una garantía de poder conservar nuestros recuerdos de los días en la esfera en caso de que tuviéramos un grave accidente —dijo el profesor Volert.

—Excepto los del último mes —puntualicé.

—Con esa excepción, claro —convino Augusto—. Aunque tengo que recordaros que llevaremos un diario. Así que no me gastéis bromas como echarme sal al café, que al día siguiente lo leeré en el ordenador.

Augusto estuvo trabajando en la reprogramación de la esfera de Boltzmann durante la mañana. Me pasé por el laboratorio de Física a hablar con Marcus, pero se encontraba redactando un informe y no tenía ninguna tarea que asignarme ni tiempo para hablar conmigo. Silvia, en cambio, estaba haciendo unos análisis rutinarios de sangre y tenía tiempo y ganas de hablar. Por lo tanto empecé con lo que quería saber.

—¿Es verdad que estuviste casada?

—Vaya, parece que has rebuscado en mi vida pasada. Ya no sé si eres un periodista o un paparazzi —bromeó Silvia.

—Es un dato público. Sabes que tenía que documentarme bien sobre vosotros.

—Bueno, es la típica locura de juventud. Me ofrecieron un contrato postdoctoral en San Petersburgo y allí conocí a Yuri, que era un científico ruso muy guapo y que, además, recitaba de memoria a Puskhin. Lo que pasa es que no duró lo nuestro. Era muy temperamental, para lo bueno y lo malo. Yo también era muy orgullosa y poco tolerante en esa época de mi vida, por lo que nuestras discusiones eran épicas.

—¿Te divorciaste pronto?

—Sí, por desgracia, en menos de tres meses. Desde entonces no nos hemos vuelto a hablar. Por suerte, no trabajaba en el mismo departamento que él y pude acabar mi contrato sin tener que verlo mucho.

—Vaya, en cambio Marcus sigue casado y con una mujer muy bien relacionada —dije cambiando de tema—.

—Bueno, como sabes, lo considero un buen compañero, no tengo queja de él. Pero sí, reconozco que es un arribista y se le nota a la legua.

—Sin embargo, no he logrado averiguar nada más. No he podido sonsacarle más información y tampoco lo he pillado intentando hackear el ordenador de Augusto.

—A lo mejor tampoco quiere hacerlo. Puede ser que se limite a diseñar un nuevo prototipo de esfera y tratar de reproducir el trabajo de Augusto. Tardaría años, pero en el instituto hay técnicos y programadores muy competentes que podrían rehacer de nuevo el software que la hace funcionar.

—No creo. Pienso que la gente que tiene detrás no lo apoyaría sino obtuviera resultados inmediatos. Creo que piensa robarle el secreto a Augusto.

—Bueno, no te preocupes, todavía nos queda más de mes y medio para averiguarlo.

Me quedé mirando al ratón de nuevo. Era una maravilla como comía, ignorando que había perdido varios días de recuerdos ratoniles. Realmente me maravillaba, pero inducía en mí una pregunta filosófica: ¿Era una copia del ratón original? O si los átomos eran los mismos, ¿era el mismo ratón desensamblado y vuelto a ensamblar a partir de los componentes últimos de la materia? El pensar eso inducía en mí extraños pensamientos.

—¿Crees que Augusto podrá acabar de reprogramar la esfera hoy? —pregunté a Silvia.

—Sí, por supuesto. Por desgracia no hubo tiempo de ponerle una interfaz amigable al software de la EB y por tanto, hay que cambiar el código a "mano" para introducirle los nuevos parámetros. Tendrá que ser cauteloso para no dañar otra parte del código, pero si lo hace bien no debe haber problemas. Por eso está tardando.

—Me sentiré más seguro una vez que lo cambie. Imagínate que me caigo por las escaleras y me doy un golpe en la cabeza. Me muero o me quedo en coma o parapléjico, etc. La esfera me resetearía al primer día y perdería todos estos días de recuerdo. En cambio, con el escaneo diario como mucho perdería unas horas.

—La verdad es que nos estamos malacostumbrando a vivir aquí. Una vez que salgamos de nuevo afuera no habrá segundas oportunidades. Los platos no se limpiarán solos y si nos rompemos un hueso, tendremos que esperar pacientemente a que se suelde a su ritmo normal. Por supuesto, tampoco seremos inmortales.

—Es un pensamiento que aterra.

—¿Cuál? ¿El que seamos inmortales ahora o que volveremos a ser mortales una vez que salgamos?

—Nuestra inmortalidad de ahora. Es algo que escapa un poco a mi comprensión. Aparte de que puede crear dependencia. Imagínate un rico y viejo millonario no queriendo salir casi nunca de una EB. Pasaría décadas, ahí encerrado, sabiendo que puede burlar a la muerte dentro de la esfera. Yo mismo estoy desarrollando un deseo intenso de quedarme.

—Es algo en lo que no había pensado, pero creo que yo también estoy desarrollando este deseo de quedarme. Entre otras ventajas me estoy ahorrando el malestar de la menstruación y el usar compresas y tampones.

—Yo evito tener que afeitarme todas las mañanas, gastando gel y cuchillas. Sin embargo, el estar así de rasurado tiene sus desventajas. Si quisiera dejarme bigote y barba no podría. En cambio, si hubiera entrado con barba, el día que no la quisiera, podría afeitármela.

—Pero te volvería a aparecer al día siguiente. La verdad es que no hay nada más inútil que hacer un montón de esfuerzo para conseguir un aspecto que te va a durar menos de veinticuatro horas. Así me sentía cuando cambiaba de tinte de pelo y peinado. Por cierto, ya no tengo más ideas para nuevos peinados ¿Se te ocurre algo?

—¿Qué tal muy corto y verde? —dije en tono de broma pero que Silvia pensó que era en serio—.

—Interesante… Quizás lo pruebe.

Esa noche mientras cenábamos, el profesor Volert anunció que el software de la EB ya estaba cambiado.

—¿No afectará al rendimiento isoentrópico? —preguntó Marcus.

—No, podemos empezar esta noche, que al término del experimento seguirán sobrando un 12% de qubits.

—Pondríamos a la esfera en una situación cercana al máximo rendimiento teórico. Queríamos hacer esta prueba con un poco más de margen, no forzando tanto una máquina no probada —insistió Marcus.

—Tiene su sentido hacerlo así —intervino Silvia— eso nos dará una garantía de que no perderemos nuestros recuerdos. Así podré hacer más experimentos con los ratones, haciéndoles aprender cosas nuevas y viendo si las reincorporan en un reseteo.

—Pero solo lo podrás averiguar si sacrificas a algunos de ellos —apuntó Marcus.

—Ya se ha hecho. Pero no tengo manera de saber si ha olvidado algo, porque tampoco estaba en la lista de experimentos programados que se me pasó. Aunque, obviamente, ha debido ser así.

—No sé, recuerdo haber revisado con tus técnicos el programa original escrito, en vuestro código cuántico. Aunque no tengo tus conocimientos, me gustaría que me enseñaras los cambios, Augusto —sugirió Marcus.

—Perfecto, como hemos acabado de cenar, podemos ir ahora. Os dejamos para que recojáis la mesa y lavéis los platos.

—¿Recoger la mesa? Qué gracioso, nos vamos a entretener, pero rompiendo la vajilla sucia para que aparezca mañana limpia en los armarios —se burló Silvia del profesor Volert.

Augusto y Marcus se marcharon. Estaba claro que Marcus pretendía algo, quizás, aprovechar algún descuido del profesor para hackear el ordenador con el taladro o cotillear muy disimuladamente sus claves. Pero no podíamos ir detrás de ellos, porque no pintábamos nada allí y Marcus se daría cuenta de nuestras sospechas.

—¿Qué piensas que puede pasar? —le pregunté a Silvia.

—Es muy sospechoso, yo, sin ser una experta, tengo más conocimientos de software cuántico que Marcus y tardaría bastante en seguir los cambios del profesor, que ha tardado varias horas en hacerlos.

—¿Crees que le puede robar las claves o aprovechar un descuido para instalarle algo con el taladro?

—Pudiera ser, o quizás trate de asegurarse de que no nos va a pasar nada malo. Aunque sus conocimientos de programación cuántica son bastante escasos, algo sabe.

—La verdad es que no podemos hacer nada…

—Quizás sí —sugirió Silvia.

—¿A qué te refieres?

—Como sabes, nuestras habitaciones se pueden cerrar desde dentro, pero no desde fuera. Tampoco tendría mucho sentido. No traemos dinero ni nada de valor y nuestros ordenadores tienen claves.

—Continúa.

—Mientras Marcus trabaja en el laboratorio, o mejor aún, mientras entrena con Augusto en el gimnasio, uno de nosotros puede entrar en su habitación, mientras el otro vigila la entrada de la escalera desde el pasillo.

—Sí, pero como has dicho todos tenemos claves en los ordenadores.

—Ya, aunque quizás Marcus no sea el único que se haya traído un taladro.

—¿Tú? ¿Pero, cuántos fabricaron los técnicos?

—No lo sé, pero cogieron alguna lámina de qubits sobrante o quizás recortes de algunas esquinas de las láminas de la esfera y pudieron hacer algunos más, no solo para nosotros, sino también para usarlos ellos o venderlos.

—Esto no solo no es ético, sino que también es ilegal. Debemos tener mucho cuidado.

—Quizás, debiera entrar yo en la habitación de Marcus, por si acaso sube tan deprisa que no te diera tiempo a avisarme o a mí de salir a tiempo de la habitación. Conozco cómo manejar un taladro y, además, podría disimular mejor.

—¿Crees que es buena idea?

—Si tú fueras Marcus, ¿de quién sospecharías más si lo descubrieses en tu habitación? ¿De Janus, el periodista que apenas conoces? ¿O de Silvia, tu colega y por añadidura mujer, que te sonríe sentada en tu cama?

—¿De verdad crees que él se tragaría que estás en su habitación para seducirle?

—Janus, los hombres sois tan simples…

—Yo no.

—¡Ja! Tú caerías en la trampa, al igual que todos.

—Desconfiaría de ti, igualmente.

—¿De verdad? No lo creo…

En ese momento Silvia se calló, empezó a mirarme fijamente y sin apartar su mirada de mí, se levantó, se apartó el pelo hacia un lado y se inclinó suavemente de manera que su boca se quedó casi pegada a mi oreja.

—Janus… —empezó a susurrarme— deseo que me beses como me besaste la otra noche. Yo te esperé en mi cuarto, quería que acabases lo que empezaste, ¿por qué no fuiste?

Silvia me pillo completamente desprevenido. Su sensual tono de voz desarmó todas mis defensas, haciendo que mi cuerpo actuara de forma automática. Me levante bruscamente y me quedé de pie mirándola fijamente a sus ojos verdes. Fue un breve instante que duró una eternidad. Me aproximé rápidamente a ella y juntamos nuestros labios besándonos apasionadamente.

—¿Siguen en la biblioteca?

—Sí —susurré.

—Tardarán varias horas, vamos sin hacer ruido a mi habitación.

—Vamos.

CAPÍTULO IX

Habíamos cruzado el pasillo con mucho sigilo, de todas formas el profesor Volert y Marcus tenían las puertas cerradas y, por suerte para nosotros, todas las habitaciones estaban bien insonorizadas. La EB era un sitio muy tranquilo y silencioso en el día a día. Una vez dentro de la habitación de Silvia, seguimos besándonos y abrazándonos apasionadamente.

—Me da un poco de vergüenza que me veas desnuda, mi cuerpo ya no es el que era cuando tenía tu edad...

—Desnúdate y yo te diré qué cuerpo tienes.

—Tú primero —me dijo mientras me besaba en el cuello.

Empecé a desnudarme, me quité la camisa y el cinturón del pantalón, paré y empecé a subirle la blusa. Cuando se la quité me paré un momento a mirar sus pechos, que subían arriba y abajo rápidamente por su respiración agitada. Sin ser grandes estaban bien proporcionados y cuando le quité el sujetador me excitó aún más el que se mantuvieran en su sitio, firmes y con los pezones oscuros e hinchados.

—¿Qué tal? —Me preguntó Silvia.

—Sublime, quítate la falda ahora mismo.

Silvia me obedeció y acabó de desnudarse. Primero la

falda y por último el tanga, mostrándome su vello púbico, recortado y de un color castaño claro. Por mi parte, me deshice de los pantalones y el bóxer. Silvia me recorrió con la mirada de arriba a abajo. Empezó por el pecho, siguió por los abdominales y, por último, detuvo su mirada en mi miembro erecto. Me cogió de la mano y me llevó al borde de la cama. Allí me empujó suavemente con sus manos y yo me dejé caer sobre el colchón. Se puso encima de mí y empezó a besarme y acariciarme por todo el cuerpo. Yo no pude más, me giré y la tumbé, colocándome arriba. Intercalaba mis besos del cuello con más besos y pequeños mordiscos a sus pezones, a los cuales respondía con gemidos de placer. Recorrí con mi lengua su abdomen y monte de Venus. Allí comencé un cunnilingus que hizo que se arqueara y gimiera más. Ya no pude aguantar más y comencé mi penetración. Silvia se retorcía cada vez más y más, hasta que llegó al primer orgasmo en el que se sumergió con un largo gemido de satisfacción. Seguí manteniendo el ritmo con el que la penetraba, primero lento, luego rápido, otra vez lento y así, hasta un segundo y tercer orgasmo de Silvia. En ese momento, con sus gemidos guturales en mi oreja, no pude aguantar más, se abrieron todas las compuertas y yo también llegué al orgasmo.

Nos quedamos relajados sobre la cama, Silvia apoyaba su cabeza contra mi pecho y me miraba con ternura, sonriendo.

—Eres muy guapo.

—No lo creo, me considero normal.

—Hazme caso, siempre me atrajiste desde que te vi.

—¿Sí? Creo recordar que al principio te hiciste la dura conmigo.

—Bueno, ya sabes cómo somos las mujeres. Eres muy maduro para tu edad.

—¡Chis!, calla y apaga la luz —dije en un susurro.

Silvia lo hizo, y escuchamos ruidos en el pasillo. Augusto y Marcus habían acabado de revisar el nuevo programa de la EB y se dirigían a sus habitaciones a dormir. Nosotros tratamos de no hacer ruido hasta que pasara un rato.

—Da un poco de morbo tener que esconderse así —me confesó Silvia.

—En realidad, no deberíamos disimular, pero es mejor guardar las apariencias. Es un espacio muy pequeño y todavía nos quedan bastantes días aquí dentro.

—Vamos a hacer otro experimento.

—¿Cuál? Pregunté extrañado.

—Bueno, son la 1:15. Podemos hacer el amor otra vez y quedarnos despiertos hasta las 3:00. Todavía no he vivido ningún reseteo y me da un poco de miedo, quiero que me acompañes en esta primera vez.

—De acuerdo, veamos lo que pasa.

Nos pusimos otra vez a hacer el amor. Esta vez fue más pausado, centrándonos mucho más en las caricias y los besos. Esta vez yo estaba tumbado en la cama y fue Silvia la que se colocó arriba, sentada sobre mí. Cada vez que cabalgaba sobre mí, lo hacía con movimientos de pelvis más intensos, hasta que sentí su primer orgasmo. Paró su ritmo y lo reanudó al medio minuto. Cuando llegó al segundo orgasmo, ya estaba preparado y sincronicé el mío con el suyo. Silvia gimió hasta que se relajó y se echó otra vez sobre la cama, a mi lado.

—Ha sido maravilloso —me susurró al oído— eres un amante excepcional.

—Bueno, hoy me pillas con pocas ganas. Otro día ya iríamos por el cuarto o el quinto —bromeé.

—¡Ja!, no seas tan fanfarrón. ¿Quieres ducharte?

—Sí, pero no podemos hacer ruido.

—No te preocupes, los vi coger su pastilla para el sueño antes de irse a la biblioteca. Tienen que estar profundamente dormidos.

—De acuerdo, iré yo primero al baño sin hacer ruido. No cerraré por dentro, así puedes pasar rápidamente.

—Bien.

Me dejé la ropa en la habitación de Silvia y crucé el pasillo desnudo. No sé qué hubieran pensado Marcus o Augusto si hubieran pasado en aquel momento. Esperé con impaciencia hasta que Silvia también abrió la puerta, desnuda. Había tenido la misma idea.

—Luego tendremos que ponernos alguna toalla —dije.

—Yo no. Me da morbo que Augusto o Marcus me puedan pillar con los pechos al aire.

—Eres una pervertida exhibicionista, ja, ja.

—¡Tonto! ¡Ja, ja, ja! —se rio Silvia.

—¿Qué hora es? —Me preguntó Silvia.

—Creo que cerca de las tres. No debemos entretenernos mucho si no queremos que nos pille el reseteo en la ducha.

Abrimos el grifo y nos dedicamos a mojarnos y enjabonarnos mutuamente. Silvia se entretuvo en enjabonarme y lavarme el miembro. Eso volvió a provocarme una erección. Dejó la alcachofa en su soporte para que el agua caliente nos mojara y se arrodilló para hacerme una felación.

—¿Te gusta?

—Sí, por favor, no pares.

Pese a haber tenido sexo dos veces antes, mis ganas no decayeron. Justo cuando sentía que mi orgasmo estaba próximo intenté sacarla de su boca, pero no me dejó. En ese momento no aguanté más y llegó mi eyaculación. Cuando terminé, Silvia acabó de lamer mi miembro y lo volvió a enjabonar.

—Quería avisarte…

—Lo sabía, no pasa nada. Quería hacerlo, además, tiene buen sabor —dijo Silvia lujuriosamente.

Acabamos de ducharnos y nos secamos. Nos pusimos una toalla y salimos al pasillo casi a la vez. Entramos a la habitación de Silvia y, en ese instante, ocurrió el reseteo. Lo que me desorientó al principio es que la toalla que me envolvía se convirtió en una especie de humo y desapareció. Eso me mareó e hizo que me tambalease un poco. Silvia también se quedó desnuda instantáneamente. Mi piel húmeda se quedó otra vez seca. Otro tanto pasó con mi pelo en cuestión de pocos segundos y el olor a champú que despedíamos desapareció completamente. Silvia se agarró a mí para evitar caerse. El cambio en ella fue más espectacular. Su pelo húmedo, pegado a la nuca, se secó en enseguida, se soltó de repente y cogió volumen de forma instantánea, como si hubiera puesto las manos sobre una esfera de Van der Graaff. El reseteo pasó y nos quedamos los dos abrazados, desnudos y secos en mitad de la habitación.

—¡Guau! ¿Es esto lo que se siente en el reseteo?

—Sí, más o menos —contesté— ¿Por qué han desaparecido nuestras toallas?

—Es por la programación de la esfera. Han vuelto al cuarto de baño porque la EB las escaneó allí originalmente. El código para el reseteo solo admitía dos variantes: dejarnos desnudos si dormíamos así o dejarnos puesta la ropa que lleváramos encima en ese instante. Supongo que no habían previsto que nadie se duchara a las 3:00 y no se definió a las toallas como ropa en la programación.

—Fascinante. Me he quedado completamente seco. Tu pelo vuelve a estar seco también, han vuelto tus rizos y ya no huele a champú.

—¿Tienes sueño?

—La verdad es que no. ¿Qué es lo que me propones? —pregunté sonriente.

—Bueno, es un experimento. ¿Tendremos las mismas ganas de hacer el amor que antes? Tal vez deberíamos comprobarlo…

—Es un experimento de suma importancia cuyo resultado tiene que saber de inmediato mi amigo.

—¿Qué amigo? —Preguntó Silvia con sospecha.

—Amigo, preséntate.

A continuación, señalé mi miembro, que otra vez tenía una impresionante erección. No solo eso. Sentía la erección como si hubieran pasado varios días desde que tuve mi última relación sexual y sentía que en mi sangre faltaban las hormonas o sustancias de la relajación postcoital. Por lo tanto, sentía un deseo no satisfecho por mi cuerpo. Que era el estado en el que me encontraba cuando se me realizó el primer escaneo a las 12:00 del primer día.

—¡Mira que eres tonto! Es curioso, estoy excitada pero siento como si en mi vagina no se introdujera nada fálico desde hace semanas.

—¿Funcionaba con sangre o electricidad? —bromeé.

—¡¿Qué?! Que sepas que tengo una vida sexual satisfactoria, aparte del trabajo…

—Vale, funcionaba a pilas tu compañero sexual satisfactorio…

—¡Tonto! Ven aquí y satisfáceme.

Me aproximé a ella y la hice girar sensualmente delante de mí. Cuando su culito respingón quedó ante mis ojos no pude evitar la tentación de darle un sonoro cachete.

—¡Ahh! —Silvia apagó enseguida su grito de sorpresa tapándose la boca con la mano— ¿Qué haces?

—Satisfacerte —dije con la mejor cara de tío duro que pude poner—.

Se giró hacia mí y me beso. Cuando acababa el beso, mordió fuertemente mi labio inferior.

—¡Ah! —Me quejé— ¿te gusta jugar, eh?

La tomé con fuerza, la tendí sobre la cama y empecé a hacerle el amor, con un poco más de fuerza y de brusquedad. El labio me dolía y me sangraba, pero ella no se molestó con este nuevo juego sexual, más rudo y brusco. Parecía incluso que se excitaba más. Cuando empezaba su cuarto orgasmo, yo la estaba penetrando con fuerza por detrás, con ella a cuatro patas sobre la cama y en ese momento también llegué a mi orgasmo.

Hice el amor con Silvia una vez más. Esta vez más relajadamente, cuando acabó recogió mi eyaculación de su vagina con su mano y la miró encantada.

—En teoría esta sería tu quinta vez de esta noche, ¿no?

—Así es.

—Pero nunca habías echado tanto semen a la quinta vez.

—Bueno, creo que nunca llegué a la quinta vez. Dos o tres veces llegué a un cuarto orgasmo a lo largo de una noche y no salía la cantidad que observas ahora.

—¿Pero sabes que estamos haciendo trampa?

—Soy consciente. En realidad, para mi cuerpo es la segunda vez después de varios días sin tener una relación sexual.

—¿Con una vagina o con tu mano?

—Tengo una vida sexual satisfactoria después de mi horario de trabajo, ¿sabes?

—Entendido, la última vez fue con tu mano —me respondió ufana—. Donde las dan las toman...

—¿Sabes que eres muy orgullosa? Siempre tienes que ganar, aunque sea en las bromas...

—Sí, y esta vez también te he ganado. Agacha la cabeza y asimílalo.

—Tú sí que tienes que agachar la cabeza para hacerme otra cosa...

En ese instante, Silvia se giró, se montó encima de mí, riéndose y empezó a darme golpes de broma. La sujeté por los brazos, la besé y la volví a tumbar sobre su espalda. Estuvimos un rato más con besos y abrazos y volví a mi habitación.

A la mañana siguiente, me levanté tarde y muy relajado. Por suerte, no tenía un protocolo de experimentos tan rígido como el de ellos tres y podía permitirme el lujo de haraganear un rato más en la cama. Estaba tomando un café en la cocina cuando apareció Augusto, que venía de la biblioteca a por un vaso de agua.

—Hoy te has levantado tarde.

—Sí, anoche estuve revisando el borrador de los capítulos de un libro que Antoine, mi jefe, quiere publicar.

Aunque no era verdad, no le había mentido en el hecho de que me había traído un borrador de las memorias de Antoine. Quería que las corrigiese, pero tengo que reconocer que apenas había leído un par de páginas en todo el tiempo que llevaba en la esfera.

—Cuando era joven trabajaba mejor por la noche. Ahora mi cuerpo no lo aguanta. No sé por qué no se fiaba Marcus de mi modificación de mi programa. Le cuesta leer el código y me tuve que detener muchas veces para seguir su ritmo de lectura. Además, ya has visto que el reseteo ha ido de maravilla.

—Sí, es verdad. Funcionó a la perfección.

Tuve que reprimir una sonrisa. No podía decirle lo bien que había funcionado el reseteo y lo agradecida que estaba también Silvia por ello.

—Aunque no me gusta abrir el código delante de otras personas. Primero, porque no me fío de nadie y segundo, no quiero que nadie aprenda tanto como yo. Además, me asusté durante un momento: Estaba repasando una libreta cuando veo que la pantalla se apagó momentáneamente. Me asusté, pensando que se iba a reiniciar y que perdería lo que tenía modificado. Pero la pantalla volvió a mostrar otra vez el código.

—¿Marcaste alguna tecla sin darse cuenta? ¿Marcus tocó algún botón del ordenador?

—No, y Marcus estaba por detrás de la pantalla porque había ido a coger un libro mientras consultaba mi libreta.

En ese momento, caí en la cuenta de que el ordenador del profesor Volert tenía las entradas USB por detrás de la pantalla, justo donde estaba Marcus. Lo sabía porque me fijé en ese detalle el otro día, cuando Augusto me habló sobre los ordenadores cuánticos. ¿Introduciría en ese momento el taladro? Augusto volvió a la biblioteca y yo fui a buscar a Silvia.

Silvia estaba cantando una canción pop en el laboratorio, de espaldas a la puerta, y había cambiado de peinado otra vez.

—¿Al final has seguido mi sugerencia? —Pregunté incrédulo.

—Sí, es muy llamativo, pero no pasa nada por probar. Solo dura un día.

Silvia se había rapado el pelo en la zona de la nuca y las sienes y se lo había dejado muy corto en la parte de arriba. Además, estaba teñido de verde claro. Era muy chocante, pero a la vez le daba un aspecto juvenil y alternativo.

—Te queda muy bien.

—¿Te gusta? Seguí tu sugerencia.

—Me alegro.

Me giré un momento hacia la puerta para asegurarme de que nadie nos veía y me acerqué rápidamente a darle un beso.

—¿Qué tal has dormido?

—Bien, pero ha sido duro levantarse tan temprano para cambiarme el peinado, teñirme el pelo, desayunar y enseguida bajar aquí a seguir con los experimentos.

—Yo también he dormido bien, pero me acabo de encontrar con Augusto y quería preguntarte algo.

—Dime.

—¿Si se mete un taladro cuando el ordenador está ejecutando algún programa, puede dar un pantallazo?

—Sí, suele hacerlo. Alguna vez que lo he probado en mi propio ordenador, lo ha hecho.

—Creo que anoche Marcus conectó uno al ordenador de Augusto sin que éste se diera cuenta. Augusto me ha comentado lo del pantallazo, pero porque pensaba que iba a perder todo su trabajo del día. No se ha percatado de que ha sido la conexión del taladro.

—¿Es posible? ¿Qué podemos hacer? —preguntó Silvia.

—No sé... ¿Ha podido copiar los archivos en unos poco segundos?

—No, lo que hace el taladro es que modifica el sistema operativo del ordenador y lo deja expuesto con una brecha de seguridad para acceder después mediante un ataque por la red de la EB.

—Es decir, que Marcus solo tiene que conectarse desde su ordenador para acceder al del profesor y copiarle toda la información.

—Así es —afirmó Silvia.

—No me lo puedo creer. Tenemos que decírselo a Augusto —sugerí.

—No podemos ir sin pruebas. Hay que acceder al ordenador de Marcus.

—Sí, pero hay que hacerlo sigilosamente y como acordamos. Tú entras con tu taladro y yo me quedo vigilando.

—Mi taladro no es muy potente. Necesitaremos varios intentos.

—Lo haremos todas las veces que haga falta.

La verdad es que fue más fácil decirlo que hacerlo. Silvia acababa pronto sus experimentos gracias a que yo le echaba una mano. Cuando Marcus iba a entrenar artes marciales con Augusto aprovechábamos para ir a la habitación a intentar hackear su ordenador. Pero no fuimos capaces de romper la contraseña. Así se pasaron otros quince días. Por las noches hacía siempre el amor con Silvia. Dormía un poco con ella y empezábamos sobre las 2:00. Aguardábamos despiertos al reseteo y volvíamos a hacerlo otra vez, después de las 3:00 con nuevas fuerzas. Así fueron pasando quince días hasta que llegó el trigésimo día de nuestra estancia dentro de la esfera. El último que recordaría. Después, vendrían treinta días más de los cuales no me acordaría de nada, solo podría leer en el diario las anotaciones de mis vivencias. Cuando ese ciclo concluyese, me despertaría por última vez dentro de la esfera, acabándose el experimento a las doce en punto de esa mañana. Me levanté de la cama para disfrutar de la última jornada de la que tendría recuerdos.

CAPÍTULO X

Llegué a la cocina con la idea de tomar un buen desayuno. Las noches de sexo intenso con Silvia hacían que me levantase con mucha hambre. Por suerte, ni el profesor Volert ni Marcus se enteraron, ya que no se atrevían a dejar de tomar las pastillas. Les imponía respeto quedarse despiertos a la hora del reseteo. En cambio, Silvia y yo lo habíamos incorporado a nuestros juegos nocturnos. En una ocasión, estábamos esperando desnudos en la cama, el reloj marcaba las 2:59 y ella empezó a morderme el brazo. Comenzó suave, pero, de repente, hincó los dientes y me desgarró la piel. Me enfadé muchísimo cuando vi la sangre surgir de dentro de las marcas de sus dientes, pero casi de inmediato, el reloj marcó las 3:00 y, aparte del clásico mareo, sentí un adormecimiento del dolor, como si me hubieran inyectado anestesia en el brazo, y vi cómo desaparecían las marcas y la sangre. Se me pasó el enfado y volví a hacerle el amor a Silvia esa noche.

—Buenos días. ¿Preparados para la nueva etapa? —Pregunté a mis compañeros.

—Buenos días, Janus —me contestó Augusto—. Sí, voy a proceder a cargar el software en el ordenador cuántico. Como ya lo tenía configurado desde antes del experimento, lo haré en cinco minutos, antes de ponerme a trabajar en otras cosas.

—¿Cómo nos afectará psicológicamente? —Preguntó Marcus—. Porque será como una especie de viaje en el tiempo. No envejeceremos nada, ni siquiera nuestras neuronas, y no nos acordaremos de nada, puesto que cuando nos levantemos mañana será como si fuera el día sesenta y uno. Habrán pasado treinta días sin que nos demos cuenta.

—Sí, sería muy útil aplicar este efecto en los viajes espaciales —continuó el profesor Volert—. Podríamos viajar por el sistema solar, tardando años en llegar a Júpiter, Saturno…, pero para los astronautas el viaje sería instantáneo y sin los posibles efectos secundarios de la hibernación.

—Si la desarrollan algún día —comentó Silvia—. Se lleva más de un siglo proponiendo la hibernación, pero sigue siendo un tema de la ciencia ficción más que de la ciencia médica.

—En cambio, a nadie se le ha ocurrido nunca un modo de devolver a un sistema su estado inicial, como hace la EB. Excepto… ahora recuerdo. Hace unas semanas vi una película donde abordaban el tema desde una perspectiva fantástica, se llamaba *Groundhog Day*. El protagonista se quedaba atrapado en un pueblo, obligado a repetir el mismo día una y otra vez, dando lugar a un montón de situaciones graciosas porque recordaba todos los eventos del día, mientras que el resto de personas que estaban allí, no.

—¡Qué interesante! ¿Pero no recuerdas ninguna obra de ciencia ficción donde se trate el tema? Alguna reseña de algún libro que hayáis publicado en vuestro periódico… —me preguntó el profesor Volert.

—Nada, y también he hecho búsquedas en mi base de datos y lo que más se parece es la novela *El efecto práctica*, de David Brin. Ahí se describe un mundo donde no se cumple la Segunda Ley de la Termodinámica.

—Todos hemos leído esa novela. Nos compró Marcus un ejemplar a cada uno cuando se enteró que existía —comentó Silvia.

—Así es —dijo Marcus—. Es curioso como en la fantasía se viola una y otra vez el Primer y el Segundo Principio de la Termodinámica, aunque no se mencione ni reconozca. Un ejemplo son los zombis. ¿Un organismo muerto o casi muerto que se mueve lentamente todos los días con la energía de algún cacho de carne fresca comida ocasionalmente? O los vampiros, ¿de dónde sacan la energía para moverse tan rápido o volar con sólo unos litros de sangre humana? En la ciencia ficción se especula con muchos otros temas, como viajes en el tiempo, desplazamientos más rápidos que la velocidad de la luz, universos paralelos o universos con otras leyes físicas. Por ejemplo, en *Los propios dioses*, de Isaac Asimov, se describe un universo con otras leyes de la Física. Sin embargo, aunque se intercambie materia entre nuestro universo y el otro, obteniendo energía nuclear en el proceso, al final ambos cumplen las leyes de la Termodinámica. Aunque en un principio parecía que esto no era así, en realidad, el equilibrio se restituye, ya que las propias leyes de cada universo se acaban nivelando por el intercambio. Sin embargo, casi nadie especula con la entropía. Es como si todo el mundo asumiera que el desorden siempre aumenta.

—En cambio, cuando se haga público este experimento, todo el mundo hablará de la entropía. Sin embargo, como será una realidad, los libros que se escriban ya no serán necesariamente ciencia ficción —comentó Augusto.

—O quizás sí. Subestimáis la imaginación de los escritores… y la de los periodistas —dijo Silvia al tiempo que me guiñaba un ojo sin que los otros dos se dieran cuenta.

Una vez que acabamos el desayuno nos pusimos a

trabajar en nuestras tareas. Silvia estaba redactando una memoria de todos los experimentos de este mes, al igual que Marcus con los suyos. Mientras, el profesor Volert seguía enfrascado en sus tareas burocráticas, además de corregir tesis y borradores de artículos científicos. Yo, en cambio, tenía que ponerme al día en mis crónicas, y a la vez que escribía en mi diario, no hacía nada más que pensar en porqué no obteníamos buenos resultados tratando de hackear el ordenador de Marcus. Quizás fuera hora de darle un nuevo enfoque a la situación. En principio, ¿con el taladro seríamos capaces de acceder a nuestros ordenadores? Quizás fuera hora de resolver esa cuestión primero, antes de perder el tiempo intentándolo nuevamente con el de Marcus. Me dirigí a hablar con Silvia en ese momento.

—¿Estás muy ocupada? —le pregunté al entrar en el laboratorio.

—Bueno, estoy redactando mi informe, pero como sé lo que tengo que poner y tengo anotaciones de otros días, tampoco se me hace muy pesado. Dime.

—¿Has probado el taladro en otros ordenadores?

—Bueno, el técnico que me lo regaló me enseñó cómo se usaba, en caso de perder la contraseña de mi ordenador. En realidad, es la típica excusa que se da cuando alguien desarrolla ese tipo de dispositivos, porque los dos sabíamos que el uso que le daríamos sería espiar otros ordenadores, pero bueno, eso no viene al caso.

—Silvia, ¿sí o no?

—La verdad es que no. Solo lo usé en el ordenador de mi despacho en el IEA.

—Creo que deberíamos probar antes con otro ordenador. No solo con el de Marcus.

—¿Con cuál?

—Primero con el mío y si sale bien, haríamos luego una prueba con el tuyo.

—Muy bien. Vayamos ahora. El taladro necesita un cierto tiempo y podemos dejarlo conectado en tu ordenador sin problemas.

Subí yo primero y minutos después subió Silvia, para evitar que nos vieran u oyeran subir juntos y así no dar pie a sospechas. Me quedé esperando a Silvia con el ordenador encendido, pero sin introducir mi contraseña.

—De acuerdo, lo pondremos en el USB trasero para que no se vea y, además, apagaremos la pantalla.

—Hoy ya no podré trabajar con él.

—Acompáñame al laboratorio y trabaja para mí. Necesito un becario esclavo y tú has sido promocionado para el puesto —se burló Silvia de mí.

—¡Serás…!

En ese momento, Silvia se estaba volviendo y su culo se pegaba a la bata de laboratorio. No pude evitarlo y le di un cachete, provocando que se riera más. La agarré por detrás y empecé a besarle el cuello, abrazado a ella. Silvia se giró y me besó en los labios.

—¿Te apetece…? —Me preguntó Silvia sugerentemente.

—¡Claro que sí! Pero mejor nos esperamos a que estén dormidos.

—¡A la mierda ellos! Poséeme rápido y deprisa, pero hazlo. Te necesito dentro de mí.

Tuvimos sexo rápidamente y sin desnudarnos completamente. Los dos necesitábamos ese alivio de las tensiones, pese a que habían pasado pocas horas desde nuestro último encuentro. Volvimos a su laboratorio y estuve ordenando probetas, viales y leyéndole anotaciones del otro terminal del ordenador. Pequeñas tareas para liberar a Silvia de algo de tiempo y darme la sensación de que estaba siendo útil. Cuando acabamos, nos reunimos otra vez en mi cuarto para ver si había acabado el taladro.

—Mira —le dije a Silvia— ha aparecido una pantalla nueva.

—¿Está activo tu escritorio? Eso significa que ha descifrado la contraseña y ha accedido a tu ordenador.

En la pantalla del ordenador se veía la siguiente ventana

sobreexpuesta sobre mi escritorio:

```
Taladro GaLix 1.1
Reconocida  versión  de  escritorio
SaFex 2.4 de núcleo VernEx 8.6
Algoritmo  cuántico  optimizado  para
esta versión.
¿Quiere  implementar  el  algoritmo
obtenido  para  posteriores  inicios
de sesión?
Si/No:
```

—¿Qué introducimos? —Le pregunté a Silvia.

—Teclea *Sí*, por supuesto.

Así lo hice y empezaron a bailar cientos de letras y números de código de arriba a abajo en la ventana que se había abierto. Al final, acabó con el siguiente mensaje:

```
Algoritmo     implementado.    Puede
cerrar  la  ventana  y  continuar  con
otras tareas.
```

—Ahora solo falta probar con el tuyo —le dije a Silvia—. Toma y pruébalo ahora.

Entonces, Silvia se fue directa a su habitación. Yo me quedé mirando la pantalla y pensando en cuál debería ser nuestro siguiente paso. Si el taladro conseguía acceder de manera más rápida al ordenador de Silvia, eso significaba que podríamos introducirnos en el de Marcus. Apagué mi ordenador y fui a la habitación de Silvia.

—Silvia, soy yo —dije llamando a la puerta.

—Pasa.

—¿Hemos tenido suerte?

—Es increíble. Ha tardado poquísimo. Ahora está iniciando el sistema operativo.

Veía otra vez letras y números desfilar por la pantalla a toda velocidad. No era el arranque típico, sino que posiblemente sería un arranque en modo "superadministrador" con funciones seguras. El invento se había hecho con el control total del ordenador. Entonces comprendía porqué el profesor Volert era reticente a difundir las tecnologías de la esfera de Boltzmann. Aquello era el sueño de cualquier espía.

—Hoy no nos da tiempo a probarlo en el de Marcus.

—No, hoy nos toca la cena para celebrar que hemos completado la mitad del experimento y los dos nos hemos comprometido a ser los cocineros hoy.

Como nos sobraba algo de tiempo, antes de cocinar, nos fuimos al gimnasio. Silvia se montó en la bicicleta elíptica y yo me dediqué a las pesas y a la bicicleta estática. Al poco tiempo, llegaron el profesor Volert y Marcus, porque todas las tardes practicaban.

—¿Qué cena nos vais a preparar hoy? —Preguntó Augusto mientras calentaba sus músculos.

—Es una sorpresa —dijo Silvia—. Janus se encargará del postre y yo del plato principal. Como las otras veces que hemos cocinado, acabaréis chupándoos los dedos.

—Menos mal, porque si dependiéramos de Marcus comeríamos latas de conserva todos los días. —bromeó Augusto.

—Augusto, con ese comentario te has ganado un ataque de mi llave más peligrosa —siguió la broma Marcus.

—¡Ja! Inténtalo…

Dejamos a los dos con sus bravuconadas. Yo me duché en el gimnasio, mientras Silvia hacía lo mismo en el cuarto de baño. Así ganábamos tiempo y evitábamos la tentación de ducharnos juntos. Llegamos a la cocina casi a la vez y todavía seguían entrenándose en el gimnasio, por lo que pudimos hablar un poco.

—He pensado que esta noche es mejor que nos quedemos en nuestras habitaciones —me comentó Silvia.

—¿Por qué?

—Imagínate que pasamos el reseteo en mi cama o en la

tuya. Ese será el último recuerdo que tendremos de este día.

—Sí.

—Ahora suponte que en alguno de los treinta días siguientes no hacemos el amor alguna noche…

—No lo veo probable, quiero pasar todas las noches contigo…

—Imagina que nos peleamos, o alguno de nosotros no tiene ganas. Entonces, esa noche dormiríamos solos en nuestras camas. Pero como no tendríamos recuerdos del día anterior, pasaríamos de dormir juntos a despertarnos solos en nuestras camas. Si durmiese contigo en tu cama me desorientaría mucho amanecer en la mía y sola.

—No le des mucha importancia. Te habrá pasado muchas veces ligando en las discotecas.

—¡Tonto! Que sepas que todos los hombres que han dormido conmigo esperaban pacientes a que me despertase y además, me traían el desayuno a la cama —bromeó Silvia.

—De acuerdo. Yo también lo veo buena idea. Además hoy, es decir, desde las 3:00, lo hemos hecho tres veces incluyendo la de esta mañana y aunque me apetece una cuarta, necesito algo de tiempo para acabar de escribir mis crónicas.

—¿Qué vamos a hacer con Marcus?

—Bueno, a partir de mañana podemos intentar acceder de nuevo a su ordenador.

—De acuerdo, pero todas las cosas que deduzcamos tendremos que escribirlas en nuestro diario, porque las olvidaremos todas.

Acabamos de preparar la cena a tiempo para que cenáramos juntos los cuatro. Marcus y el profesor Volert venían de ducharse y con bastante hambre. La cena fue abundante, con pescado al horno acompañado de verduras y una salsa especial cuyos ingredientes eran un secreto de Silvia. Yo había horneado unas bolitas de almendra con azúcar, zumo de naranja y canela y nos las comimos todas.

Hubo abundante vino y las típicas anécdotas y bromas de Augusto. Nos dejó asombrados al contarnos que en la biblioteca había un libro hueco con el tanga de la reina de Suecia. Por suerte, Linda nunca se enteró de cómo lo había obtenido ni que lo conservaba bien oculto. Pero en parte por fetichismo y en parte por evitar el peligro de que lo encontrasen en casa mientras él estaba aquí dentro, había acompañado al resto de los libros del profesor Volert en la mudanza de su casa a la biblioteca de la esfera. Esa noche acabé mis crónicas dispuesto a encarar la segunda parte del experimento.

CAPÍTULO XI

Al día siguiente, y digo, siguiente, porque lo primero que hice cuando me levanté, fue comprobar la fecha en el ordenador. Día 1 de la segunda fase del experimento era la fecha que indicaba el programa de la EB. Cuando tenía un rato libre, subía y anotaba todos los recuerdos del día. Aquel día no pudimos acceder al ordenador de Marcus porque Silvia estaba muy liada con los nuevos experimentos y, además, no hacía nada más que entrar y salir de su laboratorio a la biblioteca a consultar algo con el profesor Volert, por lo que nos hubiera podido pillar fácilmente.

Por la noche, a las 2:45 fui rápidamente a mi habitación a introducir mi última entrada del día. Como disponía de pocos minutos ni siquiera me detuve a vestirme, para no perder tiempo, y atravesé desnudo el pasillo. La cantidad de veces que había hecho el amor con Silvia y algunos detalles más. Puse el despertador a las 3:01 y esperé al reseteo.

—¡Buzz, buzz! —zumbó el despertador.

—¿Qué narices pasa? —Dije, levantándome sobresaltado.

Tenía muchísimo sueño, pues apenas llevaba un rato

durmiendo, terminando de escribir mis crónicas. Miré la hora, las 3:01. No sabía qué estaba pasando y miré el ordenador. Ponía que era el día 2 "¿ya el día dos? ¿Qué había pasado en el uno?" y leí que acababa de estar con Silvia en su habitación, donde habíamos hecho dos veces el amor; me estaba esperando para continuar con más sexo. Y, efectivamente, en su habitación me la encontré, desnuda, mirando el ordenador.

—¿Lista para más sexo esta noche? —Pregunté.

—¿Te has puesto pijama?

—Sí, siempre duermo con pijama —respondí.

—Yo, en cambio, cuando duermo sola siempre lo hago casi desnuda, con unas braguitas puestas, nada más. Me parece curioso, en el diario escribí que te marchaste enseñándome ese culo que me parece tan sexy, por lo que deduzco que te fuiste desnudo.

—Probablemente.

—Y te has despertado con pijama. Es interesante. Te habrá vestido la EB.

—Bueno, dejemos de hablar, que tengo ganas de repetir —dije.

Me acerqué a ella y comencé a acariciarle un pecho y chuparle un pezón. Estuve dos horas más en su habitación e hicimos el amor otras dos veces más. Por la mañana, después del desayuno, me coordiné con Silvia en su laboratorio.

—Tiene que ser esta tarde —le dije.

—De acuerdo, he hablado con Marcus hace un momento y va a estar muy liado midiendo campos magnéticos y calculando ciclos de histéresis.

—Me pone cachondo escucharte hablar de cosas técnicas.

—Janus, por favor… En serio, me provoca ansiedad este asunto de espiar a Marcus.

—De acuerdo, te espero esta tarde en mi habitación.

Mientras Marcus hacía sus mediciones, Silvia investigaba en su habitación. Tardó un poco en salir.

Cuando terminó, me hizo un gesto para que la acompañase a la suya. Al cerrar la puerta, explotó.

—¡Lo ha hecho! Tiene un archivo enorme con todos los datos de la esfera, su fabricación y lo que es más importante, tiene el código fuente del sistema operativo de la EB, y los programas del paquete "Demonio de Maxwell". Escaneo, reseteo, etc. ¡Lo tiene todo!

—¿Lo has copiado?

—No, porque necesitaría coger de mi habitación un disco duro de más capacidad, ¿por qué lo preguntas?

—Es mejor no copiarlo ni cambiar nada en su ordenador. Si vamos a ir a hablar con Augusto para denunciar a Marcus, puede decir que fuiste tú quien se lo copiaste al profesor Volert, para luego introducirlo en su ordenador con el objetivo de incriminarle.

—Lo negaría todo.

—Sí, pero entonces sería tu palabra contra la suya. Tú ya estarías admitiendo que has traído un taladro, mientras que él podría esconder el suyo.

—¿Qué hacemos?

—Necesitamos conseguir más pruebas: archivos que lo involucren con el ministro o quienes lo apoyen. Debemos acceder otra vez.

—Sí, pero hoy no, mañana.

—De acuerdo.

Aquella noche Silvia no quiso hacer el amor. Le había afectado bastante comprobar la traición de Marcus. Hasta entonces no era nada más que una hipótesis y, por tanto, cabía la posibilidad de que estuviéramos equivocados. Ahora ya era una certeza. Yo aproveché para escribir todo esto en mi diario.

—¡Buzz! ¡Buzz!

—¡Jodido despertador! —Grité.

Era temprano, las 7:30, aunque cuando estaba fuera me levantaba antes. Encendí el ordenador. Día 3 de la segunda fase del experimento. ¿Habría descubierto algo nuevo de

Marcus en los dos primeros días? Leí la última anotación de ayer: "Silvia se enfadó conmigo por un comentario machista que hice" ¿Se enfadó? Qué raro, siempre me replica con una broma, por muy grande que sea la barbaridad que diga. Continué leyendo, "Como consecuencia de ello, me castigó sin sexo" Bueno, eso explica por qué he amanecido en mi cama sin recordar el haberme acostado con ella a partir de las tres.

¿Y de Marcus? ¿Qué anoté? "Silvia ha sido incapaz de acceder al ordenador. Piensa que tiene un software muy seguro de encriptación" Curioso. Pero hay algo que no me cuadra. Anoche seleccioné la alarma del despertador a las 7:30. Como se programa mediante el ordenador y es administrada por la EB, no le afecta el reseteo. ¿Puse la alarma a las 7:30 para leer en pocas líneas que no sabía nada nuevo de Marcus? La hubiera puesto a las 9:00 y a las 9:05 ya habría acabado para irme a desayunar.

Me acerqué a hablar con Silvia. Dormía con el pestillo quitado por si me apetecía visitarla en mitad de la noche.

—Silvia, despierta —dije sentándome a su lado en la cama.

—¿Qué pasa? Es muy temprano —dijo mirando el reloj—. ¿Qué día es?

—El tercero.

—¿Ya han pasado tres días? ¿Y qué hemos descubierto?

—En principio, nada, ¿podemos leer tu diario?

—¿Y leer las perversas fantasías sexuales que hacemos? —Bromeó Silvia.

—Silvia, esto es serio. Quiero saber qué pasó ayer desde tu punto de vista.

Se levantó y encendió el ordenador. El VernEx se cargó rápido y leímos su entrada de ayer. "He castigado a Janus sin sexo. Me molestó mucho que me dijera que era mejor cocinera que científica, y que si viviéramos juntos, mi sitio sería la cocina. Sabía que estaba bromeando, pero me molestó muchísimo y le dije que no viniera esta noche a mi cuarto"

—¿De verdad no quise tener sexo contigo anoche por esa tontería? Te hubiera dado un puñetazo que te hubiera dolido y te hubiera mandado a ti a cocinar en vez de ir a trabajar al periódico, pero no renunciaría a hacer el amor contigo por una tontería.

—¿A que te parece raro también? Te he dicho cosas peores y me has seguido las bromas. Lee a ver qué pone de Marcus.

—Parece que te dije que no se podía, que podía tener un software especial de encriptación.

—¡Qué raro! ¿Puede ser verdad?

—Pues sí, con el VernEx y su sistema de seguridad, es muy difícil acceder a un ordenador de los nuestros con los sistemas habituales de hacking. Si tiene instalados sistemas adicionales es en previsión de que pueda ser hackeado con un taladro, pero Marcus no sabía que yo había traído uno.

—Llámame paranoico, pero creo saber lo que está pasando.

—¿Qué está pasando?

—Marcus puede acceder remotamente a nuestros ordenadores, al igual que puede haber accedido remotamente al de Augusto en la biblioteca.

—Quizás descubrimos algo y nos está tratando de engañar.

—Posiblemente —comenté—. Pero parémonos a pensar un momento. Supongamos que hoy volvemos de nuevo al ordenador de Marcus y accedemos, ¿qué pasaría?

—Pensemos lógicamente. Partamos de la hipótesis de que ayer encontramos algo, luego Marcus accedió a nuestros archivos del diario, guardados en la EB y los cambió. ¿Qué haría el luego?

—¿Podría guardar los archivos de la EB en la propia memoria de la EB?

—No creo, se han asignado pocos qubits a la memoria reservada para nosotros en la esfera. No tendría espacio suficiente.

—Por lo que si quiere conservar los datos, deberá tenerlos grabados en su ordenador —deduje.

—Sí, revisé su equipaje los días de atrás y no tiene ningún medio de almacenamiento masivo de información, salvo las típicas memorias USB para el trabajo de laboratorio. Los archivos de la EB suponen decenas de terabytes de información, por lo que no le queda más remedio que guardarlos en su ordenador. Si se los copió a Augusto durante el primer mes, seguirán estando ahí durante todo el segundo mes porque no se resetean los datos anteriores, sino solamente los del día a día de este segundo periodo.

—¿Los podría camuflar?

—Sí, hay programas para ello. Luego configuraría el VernEx para que mostrara más espacio libre en el disco duro del que existe realmente, puesto que los archivos, aunque ocultos, ocuparían bastante memoria. Tendría que hacerlo diariamente, si no lo hizo ya durante el primer mes.

—¿Podemos encontrarlos?

—Sí, mi taladro contiene más programas de "utilidades" y puedo hacerlo.

—Ahora bien. Si accedemos al ordenador y si los encontramos, ¿qué haríamos después?

—¿Qué quieres decir?

—Mañana no nos acordaremos de lo que descubramos. Todo lo que apuntemos será leído y cambiado por Marcus. Intentará confundirnos con nuestros diarios, tergiversando lo que escribamos en él.

—¿Qué sugieres que hagamos?

—Primero, pensar un método para encontrar cómo enviarnos información sin que él se dé cuenta. Lo segundo, intentar acceder a sus archivos para salir de dudas.

El resto del día estuve con Silvia en su laboratorio, ensayando formas de enviarnos un código oculto a través de nuestros diarios, hasta que encontramos una que podríamos probar. Cuando Marcus y el profesor Volert fueron a entrenar, Silvia entró en su habitación. Tardó bastante y cuando salió, hizo un gesto para que fuéramos a mi habitación.

—He accedido fácilmente. El taladro ha hecho bien su trabajo, supongo que ayer también pude entrar sin dificultad, pero obviamente no lo recuerdo. Es verdad, Marcus ha copiado toda la información de la EB del ordenador del profesor.

—Increíble. ¿Estaba oculta la información?

—Sí, no se veía nada en el sistema de archivos. Tuve que usar un programa espía del taladro para encontrar una carpeta oculta del sistema y que me diera permiso de superadministrador para leerla.

—De acuerdo, ahora prepararemos nuestros diarios.

Como todas las noches, hice el amor con Silvia y después, volví a mi habitación, antes de las 3:00 para seguir durmiendo en mi cama.

—¡Buzz! ¡Buzz! ¡Buzz!

—¡Pero qué narices pasa! ¿A qué hora me despiertas?

Miré el despertador. Las 7:06. ¿Qué mierda de hora era esa? Me tranquilicé y me senté en la cama. Es verdad que pude haber programado anoche una tarea para hoy temprano. ¿Por cierto que día era de la segunda fase? Pero, ¿y esa hora? ¿Por qué no las 7:00 o las 7:10? Encendí el ordenador. Día 4 de la segunda fase. Muy bien, leamos el diario.

"Ayer Silvia y yo nos reconciliamos. Además, descartamos el intentar acceder de nuevo al ordenador de Marcus. Silvia dijo que nuestros intentos fallidos se deben a que está por encima de la capacidad de su taladro. Aprovechamos el rato que dedicaron Marcus y Augusto para entrenar en el gimnasio para pedirnos perdón por lo del enfado, aunque ninguno lo recordábamos, e hicimos el amor para compensarlo. Después de la cena repetimos otras dos veces más. Nos quedamos un rato abrazados en la cama. Después Silvia se levantó y comenzó a escribir una poesía erótica, que dijo que me iba a dedicar, pero que no podía leer todavía. Mientras la escribía, me contó la experiencia más vergonzosa de su vida: Su profesora de matemáticas estaba enseñando el sistema sexagesimal para aplicarlo a los ángulos y relojes, y la pilló hablando con su compañera al fondo de la clase. Entonces, la humilló públicamente por decir que la hora de un reloj eran las 6:66. Silvia se puso toda roja ante las burlas de sus compañeros de clase."

¿Nada más? ¿Desistimos de buscar más información sobre Marcus así, sin más? ¿Después de cuatro días? ¿Y encima no se me ocurre otra cosa que relatar una mierda de anécdota escolar de Silvia? ¿Además las 6:66? ¡Claro que puede suceder! ¡No! Espera, estoy dormido todavía, 66 minutos entre 60 nos dan una hora y seis minutos. La respuesta correcta era… En ese momento salí disparado, pero sin hacer ruido, a la habitación de Silvia.

—Despierta. Es el día 4 de la segunda fase del experimento. Necesito leer tu diario.

—¿Qué pasa? ¿Qué dices? ¿Qué ocurre?

—Perdona por despertarte tan bruscamente, pero es vital que leamos lo que has escrito. Te cuento qué es lo que está pasando mientras arranca el ordenador.

Le comenté mis sospechas a Silvia. Después de cuatro días y sabiendo que el taladro funciona, era raro que no hubiéramos descubierto nada, que hubiéramos desistido y que encima me codificase un mensaje a mí mismo usando el despertador. Por lo que deduje que habíamos descubierto algo y que posiblemente Marcus podía leer nuestros diarios y cambiarlos.

—De acuerdo. Te creo. Veamos qué pone en mi diario.

Leímos la misma historia de la reconciliación, la de la profesora y por último la poesía erótica.

—Yo nunca he escrito poesía. Mira que está mal escrita, sin rima, con versos tan distintos.

—Selecciona la sexta palabra de cada estrofa.

Más que una poesía erótica, era pornográfica, con muchas descripciones guarras de nuestros cuerpos y actividades sexuales. ¿Era algún tipo de camuflaje? Poco a poco las frases aparecieron ante nosotros confirmando nuestras sospechas:

él/ lo/ hizo/ …estan/ en/ su/ ordenador…lee/ nuestros/ diarios/ …su/ escritura/ nos/ confunde…no/ recordamos/ nada

—¡Lo sabía! —Exclamé.

—No me lo puedo creer. Nos ha estado manipulando. Descubrimos que le ha robado la información al profesor y no solo ha borrado esa parte de nuestros diarios, sino que además nos ha querido manipular para que desistamos de nuestras investigaciones.

—Tenemos que hablar con Augusto —dije.

—Yo hablaré a solas con él. Tiene mucha confianza conmigo. Tú mientras, entretén a Marcus en su laboratorio, para que no suba a hablar con Augusto mientras estoy con él.

Esperamos a que se levantaran y desayunaran. Nosotros nos quedamos en el laboratorio de biología, hablando sobre lo que le diría Silvia al profesor Volert para convencerle. Una vez que se fueron a desempeñar sus respectivas tareas, Silvia se dirigió a la biblioteca y yo al laboratorio de Física.

—Hola, Janus. ¿Qué tal? ¿Vienes a ayudarme? Hace mucho tiempo que no lo haces, pero claro entiendo que Silvia es mucho más guapa que yo.

—Sí, bueno, vengo a ayudarte si no es molestia.

—Sí, por supuesto. No me molestas, además, no me siento celoso porque elijas estar más tiempo con ella. Lo comprendo. Eres joven y ella muy guapa.

—Ella no es nada más que una colega.

—¡Por favor, Janus! No disimules. ¿Qué te crees? ¿Qué no te oigo corretear por las noches yendo de tu habitación a la suya? ¿Qué no oigo la ducha cuando os ducháis juntos por las noches?

—Me has pillado, lo confieso. Supongo que en un sitio tan estrecho no se pueden ocultar ciertas cosas.

—Tranquilo, yo estoy casado y para mí Silvia es solo una compañera de trabajo. Por suerte, descargo mis energías físicas peleando contra Augusto. Si te la quieres follar por las noches me alegro por ti. Pero que sepas que a Silvia le gusta coleccionar amantes jóvenes como tú.

—No soy ningún ingenuo —me enfadé— y lo que Silvia haga o haya hecho con su vida sentimental no me importa. Cuando salgamos ya se verá.

—No te enfades, era solo un comentario para que estuvieras prevenido y no te enamores de quien te puede hacer daño.

—Gracias, pero ya soy mayor para tomar mis propias decisiones. ¿Qué estás haciendo? Prefiero ayudarte y hablar de otras cosas.

—Estoy juntando discos metálicos de dos materiales distintos. Uno magnético y otro diamagnético.

—Parecen dos pistolas unidas.

—Sí, cada una disparan un disco a la vez. Funcionan con aire comprimido, se enganchan en las boquillas, que disponen de agujeros para que salga el aire, y con este cable sincronizador, cuando se dispara una, se dispara la otra simultáneamente. Te voy a hacer una demostración.

Cargó un disco en una, cargó otro disco en otra, unió las boquillas y apretó un gatillo. ¡PAM! Un ruido tremendo reverberó por las paredes del laboratorio.

—Perdona, siempre dejo la campana de vidrio bajada para amortiguar el ruido.

—Me tendrás que dar tapones o bajar la campana. Me duelen los oídos un poco —me quejé.

Marcus separó las dos boquillas y vi los dos discos unidos saliendo de una de ellas.

—¿Ves? Sin pegamento ni soldaduras. Una unión perfecta para mis experimentos de campos magnéticos.

Volvió a cargar cada pistola con un disco, al mismo tiempo que Silvia y Augusto llegaron corriendo.

—¡Maldito traidor! Si lo que me ha contado Silvia es cierto te voy a echar a patadas de la esfera. ¡Miserable!

—¡Por favor! Augusto, pon fin al experimento y que venga la policía a por él —dijo Silvia, mientras se acercaban a la zona donde estábamos.

Marcus no se inmutó, esperó a que se acercaran los dos y, sin mediar palabra, con la pistola de discos que tenía en la mano derecha, disparó a Augusto en la frente. Todavía se estaba desplomando Augusto, cuando se cambió la otra pistola, la que sostenía con la izquierda, a la mano derecha y disparó a Silvia en el pecho.

—¡No! —Gritó Silvia mientras extendía una mano.

—¡No! ¡Silvia! —Exclamé.

Me había quedado paralizado mientras veía como Marcus disparaba a uno y a otro. El profesor Volert estaba inmóvil en el suelo, mientras que Silvia agonizaba, con la sangre saliéndole a borbotones del pecho. Marcus se había quedado sin más discos que disparar, así que me lancé contra él, para golpearle con todas mis fuerzas. No fue suficiente. Se giró, me agarró de un brazo y me lanzó contra una estantería metálica. Caí al suelo mientras las muestras e instrumentos llovían a mí alrededor. Vi como Marcus agarraba un martillo, con el que enderezaba las piezas metálicas, dispuesto a usarlo contra mí. Rodé por el suelo rápidamente y me incorporé.

—Marcus, no hagas ninguna locura.

—No es ninguna locura. Ni siquiera es asesinato. Mañana os despertaréis y no sabréis que habrá ocurrido. Tengo toda la tarde para reescribir vuestros diarios. Ya lo tengo planeado. Leeréis que finalmente os introdujisteis en mi ordenador y que no encontrasteis nada. Por tanto decidisteis desistir, avergonzados de pensar mal de mí. Además, pondré que le pediste matrimonio a Silvia y ella dijo que sí. En su diario pondré que ella descubrió que tú eras el amor de su vida y que solo quiere estar junto a ti. Os pasareis el resto del tiempo en la esfera follando como

131

las cobayas que ella tiene en su laboratorio y os olvidareis de vuestras sospechas hacia mí. Un plan perfecto, ¿no?

—No lo hagas Marcus.

—Destrozarte la cabeza a martillazos va a ser un poco doloroso, pero mañana no te acordarás de nada.

Marcus me estaba acorralando contra una esquina del laboratorio. Me estudiaba con su experiencia de karateka, al mismo tiempo que daba vueltas en el aire al martillo. De repente, amagó hacia un lado, traté de esquivarlo, pero se giró rápidamente y el martillo impactó contra mi cara. Fue un impacto terrible. Si me hubiera dado en la sien, estaría muerto. Sentí mi mandíbula inferior romperse y mis dientes saltar. Mi boca empezó a llenarse de sangre. Me tambaleé, tropecé y caí. El dolor era espantoso, pero la adrenalina hizo que me levantase rápidamente huyendo de él.

—No huyas, no hay escapatoria y te mataré.

Marcus se movió primero para cerrarme el paso hacia la puerta. Si conseguía huir, podría subir a la cocina a por un cuchillo, pero ya se lo había imaginado y me cerró el camino. Su objetivo era no dejarme salir vivo del laboratorio. Me alejé de Marcus y vi en el suelo tirada una larga varilla metálica para muestras que se había caído antes de la estantería.

—Poff favoff, no lo hagaf, me duele muffífimo, me voy a defmaiar —balbuceé dolorosamente, tratando de engañarlo.

—Tranquilo, enseguida acabo y no te va a doler… demasiado.

Fingí desmayarme. Me quedé tendido en el suelo, boca abajo. Oí a Marcus avanzar rápidamente hacia mí para rematarme. Agarré la varilla, me giré e incorporé ágilmente y se la ensarté en el abdomen como si fuera una lanza. La varilla era fina y Marcus no pudo evitar avanzar a través de ella con la inercia de su cuerpo. Su brazo y el martillo siguieron su movimiento, impactando en mi hombro izquierdo. Sentí la articulación rompiéndose y grité de dolor. Marcus miraba con incredulidad cómo se estaba desangrando.

—¡Cabrón! ¡Voy a morir!

Por desgracia, el estado de mi boca y el dolor me impedían darle una contestación apropiada. Marcus se echó para atrás, con la varilla ensartada sobresaliéndole por la espalda y el abdomen. Al retroceder, la punta metálica que emergía por la espalda se introdujo en el soporte de otra estantería, enganchándose e inmovilizando a Marcus. Recogí una de las pistolas de discos, que se habían quedado al lado de los cuerpos de Silvia y Augusto, cerca de donde nos encontrábamos. La cargué lentamente, porque solo podía usar mi mano derecha, y abrí el seguro para disparar. Marcus imaginó mis intenciones, de manera que solo podía intentar una cosa. Con la varilla trabada por detrás de él, empezó a avanzar para desclavársela. Chillaba y sufría mientras el metal le desgarraba la carne por dentro. Empuñé la pistola y me acerqué a él todo lo posible, dada la limitada longitud de la tubería de goma del aire comprimido.

—¡No lo hagas! —Gritó.

En mi estado no quería fallar el tiro, así que le disparé en el corazón. O al menos lo intenté. Creo que le perforé un pulmón, pero la hemorragia ya era importante y pronto agonizaría. Sabía que no me quedaba mucho tiempo. Estaba tragando y escupiendo sangre y el hombro izquierdo se me estaba hinchando, adquiriendo el aspecto de un balón. Pronto entraría en shock. Fui a mi habitación y programé el despertador a las 3:00. Escribí en mi diario todo lo que había pasado y me di la indicación a mí mismo de despertar al profesor Volert para decirle que suspendiera el experimento. Pero no era suficiente. Sería mi palabra contra la de Marcus. Tendría que aportar alguna prueba más.

Me pasé por el laboratorio de Silvia. Allí tenía una cámara con la que fotografiaba muestras importantes y las subía a la memoria de la EB. Su ordenador del laboratorio estaba encendido y la aplicación del diario abierta. Cogí la cámara y fui a toda prisa a fotografiar el laboratorio de Marcus. Todos estaban muertos. Hice varias fotos de sus cuerpos y volví al otro laboratorio para subirlas. Tenía que hacerlo rápido, mi vista se estaba nublando y el dolor no me dejaba pensar con claridad. Una vez que lo hice, volví de nuevo al laboratorio. No me iba a morir, pero no deseaba estar sufriendo más de medio día hasta las 2:59. Con dificultad, volví a recargar la pistola y me senté al lado de Silvia. Le di un doloroso beso en sus labios muertos, manchándola con mi sangre, para despedirme de ella hasta mañana. Me daba mucho miedo ponerme la pistola en la cabeza, así que me la pegué al pecho, donde suponía que estaba el corazón y disparé.

CAPÍTULO XII

—¡Buzz! ¡Buzz! ¡Buzz!

—¡Mierda! ¡Las 3:00! ¿Para qué a esta hora? Ah, ya entiendo...

Me levanté contento porque estaba seguro de que había quedado con Silvia para continuar con una noche de sexo intenso. Pero lo primero, como siempre, era saber en qué día estaba. El ordenador mostraba que era el quinto de esta segunda fase. Pero, de repente, vi cómo se abría sola la aplicación de mi diario. Posiblemente, ayer seleccioné la opción de inicio automático. Sería importante, por lo que me dispuse a leerlo.

"LEE bien: Marcus ha robado al profesor la información de la EB. Además, ha accedido a nuestros diarios y nos engaña a través de ellos. Marcus mató ayer a Augusto y a Silvia y te dejó malherido. Conseguiste detenerle a tiempo y que no te matase ni borrase las pruebas. Las fotos están en el diario del laboratorio de Biología. No pierdas tiempo, despierta a Augusto, explícale todo y que ponga fin al experimento. ¡Corre y ve a buscarlo ya!".

Me levanté de mi silla y me apresuré hacia la puerta. Justo en ese momento, se abrió la de Marcus, que se abalanzó sobre mí y me empujó otra vez para adentro.

—¡Gilipollas! Lo primero que hago a las 3:00 es leer vuestros diarios y el mío propio.

Intenté pegarle un puñetazo, pero no solo lo esquivó sino que además me retorció el brazo, me giró y me agarró la garganta con su antebrazo para intentar asfixiarme. Yo me retorcía, intentando liberarme, pero era muy bueno bloqueándome.

—Sabes, me extrañó que solo hubiera un nuevo diario escrito, el tuyo, así que empecé a leerlo. Algo muy gordo me debió de suceder ayer. ¿Me mataste? No volverá a pasar.

Finalmente, a base de retorcerme y resistirme a su llave, logré contratacar y lancé un cabezazo contra su nariz. Pude seguir la pelea, aprovechando que estaba dolorido y desorientado, pero en vez de atacarle, hice la única cosa sensata en esa situación: gritar pidiendo socorro.

—¡Imbécil! —Me insultó mientras me daba un puñetazo.

—¡Socorro! ¡Augusto! ¡Silvia!

Silvia fue la primera en llegar e intentar sujetar a Marcus, pero no pudimos entre los dos. Se zafó de nosotros e intentó ir a la cocina, posiblemente a por un cuchillo, pero el profesor Volert apareció en aquel instante y lo detuvo.

—¿Qué pasa aquí? —Preguntó.

—Estos dos se han vuelto locos y me querían matar —contestó Marcus.

—¡No es así! —Grité enfadado.

Antes de que Marcus pudiera inventarse nada más, solté todo lo que sabía. Que le había robado la información de la esfera. Que leía nuestros diarios y que ayer mató a Silvia y a Augusto antes de que yo pudiera detenerle. Le dije que había hecho fotos de los cuerpos y que estaban en el diario del laboratorio de Silvia. Marcus continuó insultándome, inventándose mentiras, pero al final Augusto tomó la decisión de desconectar el experimento a las 3:30.

—Voy a mi habitación a vestirme —dijo Marcus.

—Ni hablar, que vaya Silvia a buscar tu ropa, hasta que todo esto se aclare no nos separaremos ni Janus ni yo de ti.

Silvia también trajo nuestras ropas. Nos vestimos en el pasillo sin dejar de vigilar a Marcus. Era un karateka excepcional y sin la ayuda de Augusto sería incapaz de reducirlo por mí mismo. Sería incapaz de luchar contra nosotros tres simultáneamente.

Augusto llamó no solo a los operarios, sino también al equipo de seguridad del IEA, para que se llevaran a Marcus y lo retuvieran hasta que llegara la policía. Fuimos a ver las fotos del laboratorio y se quedaron espantados al verse muertos. Sin embargo, el profesor Volert no quiso que accediéramos al ordenador de Marcus.

—Deben acceder forenses informáticos, para que no nos acusen de manipular pruebas. Pero creo que ha sido él. Va detrás de dirigir un proyecto como este y sabía de sus idas y venidas al ministerio de Ciencias. Recuerdo el fallo que tuvo mi ordenador, el único que recuerdo durante todo el tiempo que lo he utilizado aquí, y ocurrió cuando Marcus estaba conmigo. No tengo duda, me ha traicionado.

Salimos a las instalaciones del instituto a una hora muy temprana. Augusto se encargó de todos los trámites con la policía. Nos tomaron declaración a Silvia y a mí, y nos dijeron que ya nos volverían a llamar. Por indicación del profesor solo contamos lo ocurrido en las últimas horas, que eran las que realmente recordábamos. Cuando acabamos, Silvia y yo nos tomamos un café. Estábamos solos en una pequeña sala de descanso del instituto.

—¿Qué crees que va a pasar ahora? —Pregunté.

—Bueno, de momento olvídate de decirle nada a nadie. Augusto está usando toda su influencia para tapar el asunto. No ha comentado nada de lo que pasó ayer, porque, al fin y al cabo, ninguno tenemos recuerdos de lo ocurrido y solo tenemos unas fotos de nuestros cuerpos muertos.

—¿Qué le ha dicho entonces a la policía?

—Pues que te enteraste de que Marcus le robó información a Augusto y cuando se enteró él de tu descubrimiento intentó agredirte. Le acusarán de robo de información y agresión.

—¿Y los asesinatos? ¿No vamos a contar nunca esa parte?

—¿Qué asesinatos? Seguimos vivos y con buena salud. En todo caso sería intento de asesinato. ¿Y cómo lo ibas a demostrar? "Señor inspector, tengo una máquina que resucita a las personas, por muy violenta que haya sido su muerte, y sin dejarles ni heridas ni cicatrices." ¿Cómo le sonaría eso a un policía?

—Comprendo.

—No te preocupes. Creo que Augusto quiere volver a repetir el experimento dentro de unas semanas, para que sea el intento "oficial" para la historia y no el desastre en el que se ha convertido este.

—¿Volverás a entrar?

—Posiblemente —dijo sonriendo.

—Y yo, ¿volveré a entrar?

—Por supuesto, tenemos un acuerdo contigo y con tu periódico. Serás el cronista de esta extraordinaria aventura.

Silvia dejó su café y se acercó a besarme. Estuvimos un rato largo besándonos. Después la acompañé a su apartamento y dormí un rato con ella.

EPÍLOGO

Han pasado dos años desde que salimos convertidos en héroes. Augusto, Silvia, Jean, un doctorando ayudante de Silvia, y yo. Para la historia, esta vez fue el primer intento oficial, en el que se consiguió la isoentropía durante un periodo de 40 días. El profesor Volert decidió ocultar todo lo relacionado con el anterior intento y nosotros estuvimos de acuerdo. Al final los cargos contra Marcus fueron sobreseídos e incluso el ministro de Ciencias le dio la dirección del Instituto de Investigaciones Magnéticas. Todo ello, por supuesto, para comprar su silencio.

Desde hace un año estoy felizmente casado con Silvia y ahora acabamos de tener nuestro primer bebé. Un pequeño Jules que nos despierta todas las noches berreando. Silvia le está dando de mamar mientras escribo esto en mi ordenador. Un relato que nadie verá jamás, porque prometí guardar el secreto.

—¿Qué escribes? —Me preguntó Silvia.

—El relato de cómo nos conocimos.

—¿Sí? ¿Pones que te enamoraste a primera vista de mí?

—Todo lo contrario, me pareciste una científica vanidosa y repelente.

—¡Tonto! Si sabes que en el fondo me gustaste desde el principio.

—Podrías haberlo demostrado de otra manera.

—Con los hombres hay que saber jugar bien las cartas desde el primer momento y contigo saqué póker. Besa a la ganadora de la partida.

Apagué el ordenador y la besé.

BIOGRAFÍA

Nací en mil novecientos setenta y ocho en una pequeña ciudad de La Mancha (España) llamada Puertollano. Allí crecí y viví durante mi infancia, niñez y adolescencia. Me trasladé a Córdoba a estudiar mi gran pasión desde que era pequeño, la Física. Obtuve, en la Universidad de Córdoba, mi licenciatura en el año dos mil seis. También conocí a la que sería mi futura esposa, Sara. Ya como licenciado, volví otra vez a mi tierra natal, a trabajar en una empresa que fabricaba obleas de silicio fotovoltaico y poco después empecé a trabajar en la Universidad de Castilla-La Mancha. Comencé un máster en Física y Matemáticas en el campus de Ciudad Real, que fui compaginando con posteriores trabajos de profesor de instituto y clases particulares. Me casé con Sara, en Córdoba, en el año dos mil diez y leí mi trabajo fin de máster en el dos mil once. Continué en la UCLM con el doctorado en Física y Matemáticas, cuya tesis doctoral defendí en el año dos mil catorce. En noviembre de ese año nació también mi hija Julia, la alegría de la casa. Actualmente estoy disfrutando, contratado por la UCLM, de una estancia postdoctoral de un año de duración en Berlín, ciudad en la que también residí seis meses, entre los años dos mil trece y dos mil catorce, durante mi estancia predoctoral.

David Casas García-Minguillán
Berlín, primavera de dos mil dieciséis.